KB118235

마요네즈

마요네즈

전혜성 장편소설

문학동네

마요네즈

차 례

I. 호두

어린 시절, 나 때문에 속이 상할 때마다 엄마는 이렇게 말했었다.

"니도 나중에 자식 낳아보면 에미 마음을 알 끼다."

지금 나는 크리스마스 케이크를 가른다. 케이크가 놓인 검은 탁자 주위엔, 다섯 식구가 상기된 표정으로 제 몫의 빈 식접시를 만지작거린다. 내가 언제나 나의 새 가족이라고 느끼는 남편과 두 아이들, 그리고 못내 어색하면서도 즐거워 보이려고 애쓰는 것 같은 미소를 띠운 두 사람의 낡은 가족이 빵칼을 든 내 불안한 손놀림을 눈여겨보고 있다. 내 동생 아라와, 가짜 버버리 체크 투피스를 입고 선물받은 에스테 로데 립스틱을 칠한 늙은 엄마다.

오늘 저녁 엄마에겐 이보다 더 중요한 약속이 있다. 케이크만 갈라 먹은 후, 아파트 입구에서 맞아줄 친구의 차를 타고 초로의 신사를 만나러 나간다.

"자, 할머니 먼저."

먼저 달라고 보채는 해미의 손을 비켜, 나는 엄마 앞으로 첫 접시를 내려놓는다. 누구의 생일도 아니지만, 하늘거리던 일곱 개의 촛불꽃을 꺼뜨려버린 건 해기의 입김이었다.

마지막 접시는 내 차례. 나는 먼저 갈색 솔방울 같은 호두살 한 조각을 깨물어본다. 사각사각, 호두알이 씹힌다. 오늘은 내내 청명해서, 엄마의 낯빛도 보기 좋았다. 손가락질이 서툰 엄마는 벌써 입술 언저리에 블루베리 소스를 꺼멓게 묻혀놓았다. 남편이 엄마에게 냅킨을 건네준다.

나는 언제나, 엄마가 찍어누르려 할수록 멀리 튀어 달아나는 메뚜기 같은 아이였다. 혹은, 단단하고 매끄러운 껍질 속에 자아를 감춘 호두알맹이 같았다. 엄마는 한 번도, 그 껍질을 깨고 진짜 내 속이 어떻게 생겼는지 들여다보지 못했다.

남편이, 엄마 접시에 케이크 한 조각을 더 덜어놓는다.

"아이다, 김 서방 많이 먹게."

그렇지만 이미 엄마의 포크는, 새 케이크 조각 위의 초록색 키위를 찍어누르고 있다. 키위가 도망간다. 포크는 접시에서 쇼트 트랙을 타고, 키위는 탁자 밑으로 떨어진다. 엄마는 허겁지겁, 포크 대신 손가락으로 키위를 집어 단숨에 꿀꺽 삼킨다. 아라가 가늘고 긴 손가락으로, 하나뿐인

빨갛고 예쁜 체리를 혀 끝에 굴려 넣는다. 엄마의 소원은, 아라의 저 가느다란 무명지에 약혼반지가 반짝거리는 것이다.

어느새 나도 두 아이 엄마가 되고, 서른여섯이나 먹은 중년 여자가 되었다. 엄마가, 내가 그 마음을 헤아려주리라 믿었던 시기에서 다섯 해나 흐른 것이다. 내 딸 해미와 아들 해기는, 내년이면 네 살, 여섯 살이다. 오직 촛불을 불어 끄기 위해 케이크를 찾는 해기는, 하얀 생크림만 포크 끝으로 뒤적거린다.

그 다섯 해가 나를 변화시키지 않았다고 말한다면, 물론 새빨간 거짓말이다. 종합병원에서 태어난 해기를 이박삼일 만에 집으로 데려왔을 때, 나는 이미 엄마가 되어 있었다. 나의 이상한 냉정함, 타인에 대한 까다로움, 서른이 넘어도 고쳐지지 않던 낯가림, 호두껍질 같은 아집이 나도 모르는 사이에, 부스럼 딱지처럼 떨어져나갔다.

"아아, 니도 아아 에미 다 됐구나……."

엄마는 기쁨에 찌그러진 표정으로 울음을 삼켰다.

하지만 변하지 않은 것도 많다. 일례로, 엄마를 향한 나의 삐딱한 편견은 삼십 년 전이나 지금이나 조금도 달라지지 않았다. 그러니까 엄마에겐 슬프고도 분하게도, 엄마가 내게 알리고 싶었던 그 마음에 관한 한 나는 여전히 아둔한 지진아이다. 어릴 때 엄마는 그 점에 대해서도 무척 함축적인 한마디의 격언을 통해, 이미 우리들의 미래를 예견했었다.

"내리사랑은 있어도 치사랑은 없단다……."

그 말은 딱 들어맞았다. 나는 피 한 방울 섞이지 않은 친구와는, 속을 다 드러내줄 듯이 쾌활하게 유유상종한다. 하지만 내 엄마에겐 단 한순간도 그래보지 않았다. 엄마가 틈을 비집으려 하면 할수록, 자라처럼 목과 사지를 쏙 감추고, 딱딱한 등껍질을 방패처럼 들이대었다.

나는 철부지며 이기주의자이며 불효자이다.

하지만 그럴 때마다 양심의 가책을 피해 갈 만큼, 무궁무진한 핑계의 우산을 펼쳐 든다.

엄마는 나를 몰라. 내 말이 무슨 말인지도 모르는걸. 도대체 무슨 생각을 하며 사는지. 엄마가 나빴어. 이기적이야. 무능해. 엄마는 바보 같애…….

엄마와 나는, 각자 다른 나라에서 다른 말을 배우며 살아온 사람들 같았다.

생각해보면 그 오랜 소통 불능은, 우리가 서로에 대해 악을 쓰며 들이대었던 너무 많은 희망들 때문이었다. 카스테라 한 덩이를 우물거린다. 나는 이제 내 생을 너무 오래 짓눌러온 그 희망을 벗어던질 때도 되었다고 생각한다. 그렇게 정리하면 한편으론 아주 가뿐하지만, 한편으론 무척 허탈하기도 하다. 현관 거울 앞의 엄마가 마지막으로 매무새를 다듬는다. 일곱시 정각, 손님이 왔다는 인터폰이 울릴 것이다.

석 달 전에도 그런 생각이 아주 어렴풋이 떠오르긴 했었다. 하지만 전혀 정리되지 않은 혼돈 그 자체였고, 그런 상태에서 엄마를 맞아야 한다고 생각하면 솔직히 비명이라도 지르고 싶은 심정이었다.

엄마가 내 집에 온 것은 석 달 전, 시월 삼일이다. 날짜까지 똑똑히 기억되는 건, 그날이 개천절이기 때문이었다.

2. 앵무새

그날 현관에서 엄마의 가방을 받아든 순간이었다.

나는 격렬히 서른여섯 살에서 빠져나와, 엄마의 조그만 딸이었던 다섯 살 꾸러기로 되돌아갔다.

마치 병 속의 이상한 액체를 마시고 손가락 크기로 줄어든 앨리스처럼.

하지만 그때야말로, 내가 그래선 안 될 매우 중요한 시점이었다. 전날 꿈에 엄마는, 이제부턴 자신이 내 어린 딸이 되려 한다고 울며 호소했었다.

나는 극도로 당황했다.

그 급작스런 퇴행은 순식간에 병아리 같은 해미에게 전염되었다. 아이는 낯가림이 심했던 돌백이로 되돌아가, 한

사코 내 가랭이 사이에 얼굴을 파묻으며 앙앙거렸다.

"할매다, 이리 와봐라."

엄마가 안아주겠다는 표시로, 진땀을 흘리며 팔을 벌렸지만 역효과였다. 아이는 발딱 넘어갈 듯 더욱 세차게 울어젖혔다.

헨젤과 그레텔의 영향이었다.

여름 이후, 해미는 부쩍 할머니들을 무서워했다. 그애에겐 모든 할머니가, 과자집으로 꼬여 아이들을 잡아먹는 무서운 마귀할멈이었다.

하지만 영문을 알아차리는 덴 적어도 삼십 분 정도는 필요했고, 그 동안, 애꿎은 해미 엉덩이만 실컷 두들겨주었다. 울음이 완전히 멎을 때까지, 엄마는 아이들로부터 등을 돌렸다. 마루턱에 쭈그리고 앉아, 구두조차 벗지 못했다.

전날 오후, 나는 퉁명스럽게 전화를 걸었었다.

"엄마, 혼자 올 수 없어?"

일종의 심술이자 어거지였다. 그런 트집이라도 부려서, 어떻게든 엄마에게 심란한 마음의 일단을 드러내고 싶었다. 하지만 수화기 너머로 들려온 건, 곧 세상이 무너질 듯한 호들갑스런 엄살뿐이었다.

"그래 알았어. 나갈게."

사실, 엄마를 혼자 오게 한다는 건 있을 수 없는 일이었다. 아무도 마중 나가지 않는다면, 엄마는 대합실에서 한 발짝도 움직이지 못한다기보단, 절대로 그렇겐 '안 할' 사람이었다.

두시 이십분 착, 부산발 새마을호 열차였다. 에스컬레이터로 연결된 개찰구 앞을 약속 장소로 정했다. 난리통에 미아가 된 것처럼 사위를 두리번거릴 엄마.

수화기를 내려놓으며, 짓궂은 상상을 했다.

정말 아무도 마중 나가지 않는다면.

그날 밤, 엄마는 흉측하게 등이 굽은 노파로 변했다. 꿈속의 엄마는, 낡은 국방색 담요를 뒤집어쓰고, 혼잡을 헤치며, 쪼글쪼글한 갈퀴손으로 담배를 구걸하고 있었다. 나는 이층에서 그런 엄마를 내려다보았다. 두 개 에스컬레이터 사이의 뻥 뚫린 구멍 밑으로. 게딱지처럼 납짝하게 웅크린 모습이었다. 몇 번인가 소리쳐 불렀지만, 엄마는 듣지 못했다.

"담배 하나만 주소."

사람들이 킬킬거리며, 엄마를 스쳐갔다. 나는, 엄마도 나도 아닌, 사람들 때문에 분개했다. 그들이 엄마를 조롱하는 꼴만은 참아낼 수 없었다. 그런데 그놈의 에스컬레이터가. 분명히 두 대인데, 희한하게 둘 모두 올라오는 방향뿐이었다. 꿈결에도 계단이 두려웠다. 차마 방향을 거스르며 아래로 뛰어내릴 용기가 나지 않았다. 불현듯 엄마가 위를 쳐다보았다. 우리의 눈이 마주쳤다. 꿈이야, 이건 꿈이야. 나는 애써 도리질했다. 그때, 엄마의 얼굴이 표변했다. 엄마는 아주 동그랗고 티없는, 해미로 둔갑해버렸다.

"엄마!"

엄마는 나를, 엄마라고 불렀다.

"엄마!"

나도 뒤지지 않고, 엄마라고 소리쳤다.

끙끙거리며 눈을 떴다. 이번엔 진짜 깜짝 놀라 이불을 찼다. 괴롭게 허덕이는 신음소리가 온 방에 끈끈했다. 작은 몸뚱어리가 옆으로 굴러왔다.

해기다!

느닷없는 고열이었다. 나는 소스라쳐 남편을 불러 깨웠다. 찬물에 알콜 섞은 바가지를 자리맡에 갖다놓고, 떨리는 손으로 아들을 발가벗겼다. 아이의 등은, 땡볕을 받은 모래사장처럼 뜨겁고 홧홧했다. 찬 물수건이 닿을 때마다, 크아, 크아, 사지를 부들거린다. 엉덩이 속에 좌약을 꽂아넣자, 아이는 숭어처럼 푸드덕 튀어올랐다.

아침.

나는 곤죽이 되고 말았다. 남편이 부르는데, 대꾸할 기력조차 없었다.

“난 출장인데, 장모님 어떡하지? 공주에서 촬영이 있어.”

“뭐?”

벌떡 일어나 비명을 질렀다. 공휴일에 출장이라니.

끔찍했다. 모든 게 남편 탓인 양.

“젠장, 머피의 법칙이다.”

그 한마디를 끝으로, 그는 주섬주섬 옷을 챙겨 입었다. 밖에서 열쇠를 채우곤 총총히 사라졌다. 다시 그 문으로 남편이 돌아오지 않을 것만 같았다. 나는 신경쇠약 직전의 여자가 되었다.

아침 일곱시. 다시 엄마에게 전화를 걸었다.

엄마는, 벌써 서울역에서 미아가 된 것처럼 펄쩍펄쩍 뛰었다.

"미쳤나? 길 이자뿌면 우짜라꼬?"

하지만 해기의 몸은 아직 핫도그처럼 뜨거웠다. 나는 고압적일 필요를 느꼈다. 손을 바꿔 수화기를 나꿔채며, 맞고함을 쳤다.

"애가 아픈데 어떡해? 앤, 열 나면 경끼한단 말야!"

"나도 경끼하겠다!"

"그냥 택시 타고 와."

귀가 멍멍해지게, 먼저 전화를 끊은 쪽은 엄마였다.

그러나 엄마는 미아가 되지 않았다. 길을 잃지도, 택시를 잘못 타거나 주소를 잘못 불러 헤매지도, 바가지도 쓰지도 않았다. 감쪽같다고 느껴질 만큼, 똑똑히 동호수를 짚어, 오후 세시 반, 정확히 초인종을 눌렀다.

"물 한 컵 도고."

엄마는 소파 위에 모로 쓰러졌다. 물론 힘겹고 불안했던 여행이었다.

그러나 집에 들어서는 순간 시작된, 팽팽한 줄다리기가 엄마를 탈진시킨 주범이었다. 나는 그런 점까지 꿰뚫어보는, 내 시선의 깊이를 교만하게 의식하며 베란다 문 두 짝을 활짝 열어젖혔다.

바람이 빠른 템포의 음악처럼 츠츠츠, 밀려들었다.

십 분 후.

벽과 행운목과 사각의 액자들까지 모두 엄마를 노려보고 있었다. 엄마의 벌건 안색, 보라색 자켓, 검은 줄무늬 스타

킹이, 집과 서걱거렸다. 엄마는 방귀 직전의 가스처럼, 집의 꽁무니 끝에 매달려 있었다.

일곱 달밖에 안 된 새 집이었다.

창도, 모노륨도 아침 이슬처럼 반들거린다. 매일 낮과 저녁, 지프, 홈스타 따위를 걸레에 묻혀 아이들 손때까지 빠등빠등 지워냈다. 그러니까 낡아빠진 엄마를 거부하는 건 내 마음도, 무엇도 아니었다. 막 설계도면에서 튀어나온 것 같은 집의 싱싱함이, 엄마의 혼탁함을 밀어내고 있었다.

하지만 피로에 뭉클어진 엄마 모습이 서서히 동정심을 깨워일으켰다.

분노에서 연민으로 건너뛰는 덴, 언제나 고통이란 패스포트가 필요한 법.

"커피 한 잔 할래?"

"그라자."

엄마 얼굴에서 느리게, 노기가 빠져나갔다. 삐딱하게 몸을 일으켜, 침침한 듯 눈두덩을 내리눌렀다. 조용히 소파에서 내려오더니, 가방 지퍼를 끌어당겼다.

이마 위 푸른 힘줄이 걷히면서, 우중충했던 혈색을 가르고 보기 좋은 흰빛이 떠올랐다.

"기차서는 아무것도 살 끼 없드라. 이거 먹겠나? 해미하고 사이좋게 먹어라."

'천안 명물'이라 찍힌 호두과자였다. 해기가 덥썩 받아들었지만, 속을 살펴보곤, 별로 먹고 싶지 않은 듯 슬쩍 봉투를 내려놓았다. 그 호두과자는 이십 년 전만 해도 대단한 명물이었다. 뺑튀기처럼 불어난 엄마 여행가방에서 그게 튀어나올 때마다, 흥분을 감추지 못했다. 천안이란 곳을 정말로 대단한 곳으로 여기며.

"아이고, 어지러워라……."

엄마는 이마에 손바닥을 갖다붙였다.

개수대에 서 점심 먹은 그릇들을 요란하게 씻었다. 억울함이 질겅질겅 씹혔다.

왜 늘상 나야, 아라도, 아영이도 있는데.

엄마는 뭔가 곤경에 처할 때마다, "아정아!", 라고만 악을 썼지.

손끝에서 미끌거리던 유리컵 하나가 보기 좋게 깨어져나갔다.

"뭐시고?"

엄마가 뛰어왔다.

깨진 유리조각보다 더 혼란스런 표정이었다.

"야가, 와, 조심을 안 하고……."

탐욕이 들끓을 땐, 손을 덴다. 살의가 치받치면, 살을 벤다. 산란할 땐, 언제나 무언가 깨어진다.

하지만 그 짧은 순간에도, 엄마를 향한 애증이 정전기처럼 교차돼, 내 얼굴은 호두껍질처럼 딱딱해졌다. 아무래도 저 유리조각은 엄마가 쓸어 치워야 할 것 같았다.

그러나 엄마는 허리를 구부리지 않았다. 대신, 식탁 밑 의자를 쑥 뽑아내어, 털푸덕 주저앉았다. 커피머신이 거무튀튀한 액체를 쉭쉭 내뿜었다. 엄마는 갑갑한 듯 손부채를 부친다.

"시월인데 아직 이래 덥노……."

나는 우정 맨손으로 깨진 조각을 신문지 위에 추스렸다.

"젖은 종이로 닦아버리라. 청소기로 싹 훑어내든지."

게으른 눈빛으로 끼어들었다.

앗, 하는 순간, 예리한 아픔이 손가락을 파고들었다. 둘째 손가락 지문 부분에 가느다란 핏빛 선분이, 계면쩍다는 듯 슬그머니 떠올랐다.

"뭐꼬, 피 나나? 야가, 참, 조심을 안 하고."

그것 보라는 듯 끌끌 혀를 찼다.

수돗물에 손을 대고, 어쩔 줄 몰랐다. 분명 분노는 있는데, 풀어 던질 데가 없었다. 게다가 나는 분노라든가 미움 같은, 과격한 힘을 요구하는 감정을 오래 버텨내지 못한다.

저편 마룻바닥.

성큼 짧아진 햇빛의 경계선에서, 해기와 해미가 장난감 키보드로 소란을 떨었다. 어떤 단추를 누르면 징글벨이 튀어나오고, 어떤 단추를 누르면 똑딱똑딱 타악기 소리가 튀어나온다. 두 아이는 한꺼번에 여러 개의 단추를 눌러대며, 키보드 건반을 난잡하게 희롱했다.

"해기야, 시끄럽다. 아픈 애가 왜 그러니? 들어가서 좀 누워라, 제발!"

나는 양치기 개처럼 아이들을 몰았다.

틈을 잡고 엄마가 끼어들었다.

"자들이 마, 음악가가 될라 카나. 놔뚜라, 마. 시끄럽고 정신없게 노는 아아들이, 머리가 좋단다. 니도 어릴 때 안 그랬나. 보통 아아들하고는 달라서 시끄럽게사 안 했지만, 피아노를 오죽 잘 쳤나? 피아니스트 빰칬었다."

피아니스트?

깨진 유리조각에 망연히 얹혀 있던 눈빛을 거둬 엄마에게 몰아주었다. 엄마는 커피를 들이마시며, 내 눈치 따윈 아랑곳없이 추억의 웅덩이로 텀벙 뛰어들었다. 추억의 풀에 관한 한, 엄마는 세상에서 가장 능숙한 다이버이다.

남은 것은 귀를 빌려주는 일뿐. 공중제비 같은 엄마의 수중체조는 언제나 압권이다.

"안 그렇나. 니가 몬 하는 기 뭐시 있었노. 그 피아노를 언제 사줬더라? 국민학교 들어갔을 땐가, 더 됐을 땐가…… 그 동네에서 두번째로 피아노를 샀을 끼다. 그때는 부잣집에만 피아노가 있었그등. 엄마, 니한테 참 유난했다. 아버지는 그까짓 기 뭐 필요하노, 해쌌지만, 내가 안 우겼나. 전축도 그래서 샀고, 이십 권짜리 세계문학전집 그것도 아직 집에 있다. 아무도 안 보기는 한다마는, 그것도 약국에 누가 팔러 온 거를 내가 부득부득 우기서, 아버지 설득 안 했나. 대학교 갈 때도 그랬다. 아버지는 죽어도 서울 몬 보낸다 캤더든. 마, 부산에서 약대 가라 안 캤나. 그라이까 마, 니가 그날부터 딱 밥을 안 먹대. 그래서 또 내가 죽기살기로 우기서, 서울 가게 안 됐나. 어디 그기 다가? 대학원 갈 때도 그랬제. 그때는 집구석이 쫄딱 망해서, 솔직히 등록금 대출 돈도 없었다. 엄마가 결혼반지 팔았던 거 아나? 그때만 해도 나는, 니가 박사, 교수가 되고 서른 살 넘으면 날마다 테레비에 나올 줄 안 알았드나. 하다못해, 재클린 겉이 대통령 마누래는 될 줄 알았다. 그랬건마는 암만 기다리도 니는 안 나오고, 수길이 있제, 마, 가아가 미국 가서 자동차

박사가 돼가지고, 테레비에 떡 나왔대. 그기 어릴 때는 키가 땅바닥에 붙어서, 맨날천날 니 꽁무니만 쫄쫄 따라다니고 안 그랬나. 세상천지에, 그기 박사가 되고 테레비에 나올 줄을 누가 알았겠노. 그러이, 사람 팔자라는 거는 모른대이. 뒤바끼도 한참 뒤바꼈제. 그래 쪼맨턴 기이, 그래도 사나아 자슥이라고 앞길이 고속도로다. 그 집은 마, 다 잘됐다. 자갈치에서 소문난 부자 되고, 집도 삼층으로 삐까뻔쩍하게 새로 지었다. 수길이 엄마는 땡 잡았다. 새카맣고 그리 촌스럽더마는, 인자는 마 땟물 싹 벗었다. 밍크 코트를 발등까지 치렁치렁 늘여 입고, 밍크 그기 돈이 얼만데? 참말로 기가 차제. 그다가 이태리제 가방 척 들고 나서면, 장관 마누래 저리 가라다. 봐라, 아정아. 아들하고 딸 차이가 그래 크다. 이래도 아들 타령 한다꼬 뭐라 칼래? 그 집은 인자, 머느리까지 줄줄이 봐삿고 수길이 에미 손 끝에 물 한 방울 안 묻히고 큰소리 치고 산다. 세상에, 내맨치 불쌍한 사람이 없다. 우짜다가 박복해가지고, 아들 하나 못 낳고 딸이사 줄줄이 키워봤자, 아무 소앵이 없는 기라. 아들 집에서는 발 뻗고 편히 자도, 딸 집에서는 눈칫밥 먹는다. 참말로 서글프다…… 니한테, 그 피아노 사줄 때만 해도,"

엄마는 크흥, 흐느껴 운다. 코를 패앵 풀어젖히며.

"그 피아노 사줄 때만 해도 참 신났었다. 그때만 해도 수길이 그까짓 기사, 솔직히 얼매나 형편없었노. 하기사, 아직도 키는 쪼맨트라마는…… 키 그거는 우짤 수가 없는갑제?"

돌연, 엄마는 심각해져, 어룽어룽한 눈시울로 내게 묻는다.

키 그거는 우짤 수가 없는갑제?

나는 신문지 네 귀를 눙쳐들고 엄마를 바라보던 두 눈을 질끈 감아버렸다.

“하지만서도, 남자가 키 그까짓 기사 뭐 중요하노. 그래도 그렇지. 이상타 아이가. 영도 다리 밑에서 줏어온 아아도 아이고, 샛서방 자슥도 아인데, 즈그 아버지도 크고 즈그 에미도 큰데, 우째 가아는 키가 땅바닥에 붙었을꼬…….”

아무래도 엄마는 전생에 앵무새였을 것이다.

3. 피아노

열 살에 피아노를 갖게 된 건 사실이었다. 하지만, 나는 엄마의 기대만큼 기쁘지도 설레지도 않았다.

검은 올리브유라는 게 있다면, 아마도 그런 것 속에 담갔다 막 꺼낸 듯한 새까만 피아노였다. 네모난 의자는 길이 잘 든 미끄럼틀처럼 반들거렸다. 하지만 차가운 건반에 두 손을 올려놓자, 손가락은 방금 들어올린 무거운 뚜껑보다 더 둔탁하고 뻣뻣해졌다.

동네에서 두번째였다는 기억도 정확했다. 하지만 내겐 너무 늦고 엉뚱한 시점이었다. 나는 이미 이 년째, 피아노를 까맣게 잊고 있었다.

그 이 년 전.

여덟 살의 나는 오직 피아노에서 벗어나기 위해 매일같이 전쟁을 치렀었다. 거의 날마다, 집과 교습소 사이 모든 전봇대를 부둥켜안고 엉엉 울었다. 교습소까지 함께 갔던 일하는 언니의 정강이도 걷어차고, 가슴팍도 떠밀며, 소중한 것을 뺏긴 해미처럼 패악을 부렸다.

호떡을 구워 파는 포장마차 옆이 마지막 전봇대였다.

나중엔 저만치서 호떡 냄새만 맡아도, 엉덩이로 아스팔트를 쓸며 질질 끌려가곤 했다. 공교롭게 교습소 창문에서 훤히 내려다보이는 위치였다. 어느 날, 그 난리를 고스란히 지켜본 피아노 선생은 킹콩처럼 화를 내며 튀쳐나왔다. 모든 전봇대와 포장마차들을 단박에 밀어버릴 듯한 기세였다. 킹콩에게 팔목을 붙들린 순간, 나는 아랫도리가 척척해지도록 오줌을 쌌다. 킹콩은 다짜고짜, 내 팔을 휘어잡았다. 엉덩이도 때리고 뒤통수도 찰싹찰싹 때렸다. 그리곤 족히 백 미터쯤, 내 뒷덜미를 낚아채, 질질 끌고 갔다. 사람들의 놀란 눈초리가 길죽한 오뎅꼬치 사이로 흔들리며 끝까지 따라붙었다.

하지만 나와 피아노 사이의 괴로운 전율을 눈치챘던 사람은 아무도 없었다. 결국은 내 입으로 모든 추악함을 실토해야 했다. 아내가 없을 때, 그 킹콩이 여자 아이들의 셔츠 밑을 어떻게 더듬는지, 소매깃 밑의 맨팔을 어떻게 쓰다듬고 침을 발라놓는지에 대해서.

비로소 엄마는 그 수렁 같은 피아노에서 나를 건져내었다.

그 고백은 엄마를 경악시켰고, 파문처럼 퍼져나갔다. 유난히 나쁜 일이 있을수록, 엄마는 온종일 전화통을 붙들었다. 그리곤 앵무새처럼 똑같은 말을 지지배배 되풀이했다.

“이봐라, 그 인간 그기 변태 아이가. 이 일로 우짜꼬? 마, 소름이 쪽쪽 끼쳐서 잠이 다 안 온다.”

킹콩은 물론 피소되지 않았다. 하지만 그 후 오랫동안, 그는 밤마다 내 머릿속에서 가느다란 나무기둥에 묶였다. 검은 헝겊으로 눈을 가리운 채, 길죽한 연발총으로 사살되었다. 어떤 날은 머리통, 어떤 날은 배 가운데. 펑! 똥그란 구멍이 뚫리며 시뻘건 피가 용출되도록 정확히 조준되었다. 하지만 정말 박살이 나야 했던 부분은, 기둥 뒤로 묶여져 언제나 산화를 모면했던, 열 개의 구더기 같은 손가락들이었다.

체르니 삼십 번과 바하 십 번 안짝에서 멈춘 실력은 대번에 볼품없이 쪼그라들었다. 하지만 삼 년이나 피아노를 쳤다는 이유만으로, 엄마는 꿈에도 내가 피아노를 못 칠 줄 상상조차 하지 못했다. 엄마에게 난 변함없이, 세상에서 제일 뛰어난 피아노 천재였다.

등뒤, 근사한 연주를 기대하는 부모님의 눈길이 잔등에 쏟아졌다. 뭐라도 쳐내지 않으면 안 될 순간이었다.

‘세계의 피아노 명곡집’ 상·하권 중 대담하게도 하권의 모차르트를 펼쳐놓았다. 악보를 쓱 일별하곤, 조바꿈, 겹음표 따위가 없는 가장 단순한 음표 무리에 시선을 고정시켰다. 약 일 분 간, 어금니를 꽉 깨물고 건반을 때려댔다. 물론 양손 연주는 엄두도 낼 수 없고, 옥타브만 다른 똑같은 음표들을 오른손, 왼손으로 나란히 짚어나갔다.

그러나 등뒤 엄마의 얼굴에는, 지극히 흡족한 미소가 떠오르고 있었다.

비록 초라한 음역이었지만, 그 하나의 옥타브 안에서만큼은 열 손가락이 비늘 튀는 선어처럼 매끄럽게 솟아올랐단 내리꽂혔다. 게다가 진짜 피아니스트의 연주폼, 허리와 고개를 엉거주춤 구부린 듯 숙연한 몸짓, 음을 강조할 때 손가락을 어떤 모양으로 들었다 내리꽂아야 하는지만큼은, 누가 가르쳐주지 않아도 출중하게 흉내낼 수 있었다.

그러니까 나는 연주자가 아니라 연기자였다. 더구나 어수룩한 엄마를 속이기란 식은죽 먹기보다 쉬웠다. 이 세상 모든 청중이 엄마 같다면, 평생 엉터리 피아니스트로 살아갈 수 있을 것도 같았다.

내가 피아노를 잘 친다는 소문이 입에서 입을 건너, 엄마 친구들 사이로 널리널리 퍼져나갔다. 모두들 집에 왔다 하면 피아노에 관한 화제였다. 누군가는 황당하게도, 줄리어드 음대까지 들먹였다. 엄마는 그 줄리어드가 미국에 있는지, 프랑스에 있는지조차 몰랐을 게 틀림없다. 하지만, "내 딸은 마 가마이 있어도, 줄리아드 지가 쪼르르 달려와서 공짜로 모시간다 칼 끼다", 거침없이 우쭐거렸다.

그게 나에 대한 엄마의, 거의 평생에 걸친 망상이었다.

삼학년 이학기 늦은 오후쯤.

몇 달이 흐르면서, 피아노에 대한 해묵은 증오심도, 늘어난 고무줄처럼 느슨해졌다. 일찍 숙제를 마친 날이면, 으레 피아노 앞에서 건반을 찝적거렸다. 킹콩도, 연습에 대한 부담도 없는 피아노는 그런 대로 쓸 만한 장난감이었다.

아라, 아영이 나가버린 오후면, 공부방이 있던 이층 전체가 오수에 빠진 듯 나른하고 잠잠했다. 희뿌옇게 정화된 쌀뜨물 같은 정적감이 참 좋았다. 딩, 동, 댕, 울려퍼지는 피아노의 여운과 아무에게도 방해받지 않는 듯한 느낌은 더 좋았다.

이층으로 올라오는 계단과 일층 사이엔, 여닫이 문 한 짝이 가로막혀 있었다. 정적은, 예민한 음향 그래프처럼 저 밑 후미진 곳, 문이 밀리는 소리까지 세세히 실어 날랐다.

음향들이 보풀처럼 흩날리는 틈으로, 나는 막 누군가 그 문을 열었음을 알아차렸다. 계단을 따라 소리들이 먼저 굴러와 문 틈을 파고 지분거렸다. 두런거리는 낮은 목소리까지. 최소한 하나는 아니었다. 누굴까.

꽃잎을 찍어놓은 젖유리에 옷빛이 어른거렸다.

동시에 떠오르는 여러 얼굴을 호칭과 연결시키기도 전에, 공부방 미닫이가 드르륵 열려버렸다. 엄마와 친구 중 가장 화려한 유리 엄마였다.

아차. 손바닥이 보자기라면 피아노를 싸 감추고 싶었다.

희고 까만 건반과 선반 위의 악보 사이에서 소경처럼 더듬거리던 중이었다. 어서 그들이 나를 스쳐 엄마 침대방으로 사라져주기만을 바랐다.

그러나 유리 엄마는 내 잔등을 향해 흐드러진 웃음을 던졌다.

"아정이가 그리 피아노를 잘 친다면서? 한 번 보자. 얼마 배우지도 않았는데, 참말로 신통타, 그자?"

"저기사, 마, 척척박사 아이가. 뭐시든지, 지절로 된다."

그날 엄마는 처음 보는 옷을 입고 있었다. 그 나이의 아줌마가 선뜻 집어들기 힘든, 소라색 니트 상하복이 엄마를 여배우처럼 보이게 했다.

"그러기 말이다. 희한하제. 니는 무슨 걱정이 있노? 남편 착실하제, 아아들 영리하제."

"그 남편 소리는 쫌 빼라. 남편이사 노박이 니 신랑이 최고 아이가."

노박이란 유리 엄마 별명이었다. 아줌마의 근사한 프로필은, 내 눈에도 킴 노박의 그것처럼 보일 때가 있었다.

나는 널빤지처럼 뻣뻣하게 굳었다. 양손 둘째손가락을 기준으로, 쌍방향으로 뻗어 있는 건반들이, 수천 개의 흔들리는 계단으로 변해 일렁거리는 것 같았다. 그 중에 내가 매만질 수 있는 음역이라곤, 단지 각 손의 한 옥타브씩에 달하는 하얀 도레미파솔라시도와 오른쪽 방향 파음에서의 검은 반음 건반 한 개가 고작이었다.

하필 피가로의 결혼을 양면으로 펼쳐놓았다.

나는 얼굴이 새빨갛게 달아올랐다. 등을 진 자세였기 망정이었다. 그렇다고, 피아노에서 뛰어내릴 수도 없었다. 일단, 양면에 빽빽한 음표의 물결을 시선 밖으로 과감히 잘라냈다. 그리고 그 중, 가장 단조롭지만 주제음에 속하는 약 두 단락에 걸친 음표 부분만을 집중적으로 내리쳤다. 뾰족한 바늘이 따끔따끔 손등을 찌르는 것 같았다. 킹콩은 걸핏하면, 손모양이 나쁘면 바늘로 찔러버리겠다 으름장을 놓았다.

연주는 끝났다.

저녁바다의 끝없는 파도소리처럼, 휘파람소리 같기도 하고 폭풍우 같기도 한, 소리의 격랑을 잔뜩 기대했던 유리 엄마는, 뚝 끊어져 휘갈겨진 멋대가리없는 단음의 행진과 그것도 큰 호흡 두 번 만에 달랑 끝나버린 어색한 피날레에, 양볼에 왕사탕을 문 것 같은 얼굴로 혼란에 빠져버렸다. '우찌마께'로 부풀린 정수리께를 슬쩍 긁적거리며. 벌거벗은 임금님을 본 것이었다.

"하이갸."

하지만, 적당히 감탄하는 체 탄성을 질렀다.

"근데, 저기 무슨 곡이고?"

"뭔고?"

엄마의 시선이 다시 주춤, 내 잔등에서 민적거렸다. 그리고 다음 순간,

"슈베르트의 아베마리아 아이가?"

"그렇나?"

유리 엄마는 스타킹을 신은 왼쪽 발을 들어 오른쪽 장딴지를 썩썩 긁으며, 여전히 멍한 채 내 등 너머, 콩나물 대가리가 물결 치는 악보를 두리번거렸다. 끈끈이풀 같은 시선이었다.

"그거 같은데……."

"벌써 아베마리아를 치나?"

"그래 말이다. 벌써 아베마리아다."

"참말로 희한하제……."

유리 엄마는 아베마리아에 주눅이 들고 말았다. 이번엔 진짜로 탄복하며 혀를 끌끌 찼다.

"어린 기 아베마리아는 우찌 알았을꼬."

드디어, 끈끈이주걱이 떨어져나갔다.

눈물이 핑 돌았다. 엄마가 너무 얄미웠다. 딸이 피아노를 잘 치는지 못 치는지, 아니 피아노를 좋아하는지 미워하는지도 모르다니. 그 바보처럼 잘난 체하던 목소리는 또 뭔가.

나는 네 부위의 어금니를 딱딱 마주치는 동작에 빠져들어갔다.

그때부터였을 것이다. 거북하고 난처한 상황을 당할 때마다, 내가 어금니를 딱딱거리게 된 것은.

4. 스웨터

여섯시 십분.

엄마는 소파에서 새우처럼 등을 꼬부리고 잠이 들었다.

식탁 앞에 앉아 식은 커피를 데우는데, 코고는 소리가 들리기 시작했다.

엄마가 코를 골기 시작한 건 팔 년 전. 쉰셋에, 가벼운 뇌졸중을 앓고서였다.

하지만 두 달 만에 지팡이 없이 걷기 시작했다. 오른쪽 입술 끝이 약간 오므라들었지만, 잘 차리고 나서면 아직도 많은 사람들이 엄마를 미인이라 했다.

물론 엄마는 오랫동안 미인이었다…….

그날부터 엄마가 머물 현관 옆 작은방을 휘 둘러보았다.

원래 해기의 방이었다. 이런 돌연한 상황만 아니었다면, 올해가 가기 전 해미와 같이 쓸 아이들 방으로 꾸며줄 요량이었다.

나의 두 여동생 중, 막내 아영이 한 달 전 부산을 떴다.

부산에서 나고 자란 아영은, 결혼한 후에도 고향 엄마 가까이 줄곧 머물러 살았다. 삼 년 전 아버지를 잃고도 엄마가 홀로 남을 수 있었던 건, 전적으로 막내딸 내외 덕분이었다. 그 아영이, 남편과 함께 쿠알라룸푸르의 오십 평 맨션으로 떠나겠다고 했을 때, 정작 비명을 지르고 싶었던 사람은 엄마가 아니라 어쩌면 나였다.

그들의 비행기가 저편 공항에 닿기도 전, 엄마의 악몽은 시작되었다.

"이봐라, 온 천지에 바퀴벌레가 득실거린다. 우짤꼬. 느그 아버지만 있었어도, 집구석에 어데 이런 버러지새끼 같은 기 얼씬이나 했겠노. 자는데 옷 속으로 기 들어오면 우짜노."

"약 뿌리면 되잖아."

"무서버서 잠도 몬 자겠다. 벌레 때문에 하도 신경을 썼더이, 혈압이 이백삼십이나 올라뿠다. 이라다 내 혼자 죽어도 아무도 모를 거 아이가. 엄마가 죽는 기사 아까블 거 없지만도, 느닷없이 송장 치게 되면 느그가 얼매나 놀랠 끼고. 이봐라, 또 나왔다. 문갑 밑에서도 기 나온다. 우야꼬, 악!"

하룻동안, 무려 일곱 차례의 시외전화가 다글다글 나를 볶았다.

"이봐라, 아정아, 아라는 우찌 지내노?"

"잘 지내겠지, 뭐."

"전화해도 받도 안 한다. 가아를 우짤꼬. 츄직도 안 하고 시집도 안 가고 우째 살 낀고? 독하제, 우째 그리 혼자 버틸꼬…… 내는 한시도, 더는 이래 몬 살겠다."

"휴, 그러지 말고, 성당에나 좀 나가봐."

"뭐시, 성당? 자다 봉창 뚜들기나? 성당 그기, 내한테 해 준 기 뭐시 있다꼬. 연보돈이나 많이 내면 좋아하까? 그다가 일어서시오, 앉으시오, 그거 따라 할라다간 숨이 차고 어지러버서, 내사 마, 전번에도 기절로 할 뻔했다. 이봐라, 또 벌레다. 또 기 나온다!"

둘째 아라는 십삼 년째 미아리고개 주변 반지하 셋방을 전전한다. 언제 끝날지 모를 그놈의 공부 때문이었다.

그로부터 한 달 간, 엄마의 외로움은 거의 공포로 치달았다.

"밤에 자는데 강도가 칼로 들고 쓱 들어오는 기라. 낼로 힐끗 보더이, 장롱을 막 디비대. 집문서는 안 된다!, 카고 달라들다가, 꿈을 팍 안 깼나. 우째 쭈뼛했든지, 오줌이 다 팍 나와뿠다. 무슨 꿈이 이렇노. 진짜 강도 올라 카는 꿈 아이겠나?"

"……."

한 달 내, 나는 아무런 응답을 보내지 않았다. 침묵과 호들갑의 줄다리기 끝에, 전화질은 잠시 소강 상태로 접어들었다.

구월 이십팔일 아침.

마침내 엄마는 충격 요법을 들고 나왔다.

샤워를 하는데 전화벨이 울렸다. 열 번, 열두 번……. 벨소리가 집요했다. 물방울을 뚝뚝 흘리며, 젖은 손으로 수화기를 들었다. 이미 머리 끝까지 짜증이 돋은 상태였다. 처음 듣는 아줌마 목소리가 튀어나왔다.

"해기 외할머니 중풍이 도져서, 병원에 입원했습니더."

머리에 썼던 타월이 툭 떨어졌다. 나는 벌거벗은 채, 수화기를 잡은 손을 바꿨다.

"네?"

"해기 엄마 맞지예? 내는 옆집 사는 아줌만데……."

"언제요?"

"한 이틀 됐습니더."

"그럼 왜 이제……."

혼비백산했다. 하지만 동시에, 내 눈은 전화대 위의 조간신문을 더듬고 있었다. 후유. 도대체가 읽을 것투성이였다. 하루 종일 읽고만 지내도 부족할 만큼. 게다가 아이들 병치레, 하루 종일 이어지는 잔투정에 시달려, 엄마 생각 같은 건 정말 눈곱만큼도 할 겨를이 없었다.

보이지 않는 엄마에게 불 같은 노염이 일었다.

가만 내버려둬도 힘든 사람한테. 맨날 산다, 못 산다, 아프다, 죽는다!

그때였다.

"내다!"

"엄마? 엄마잖아? 어떻게 된 거야? 병원에 입원했다면서!"

"그래, 병원이다. 아이, 집이다."

"뭐?"
"그래, 쏙이 시원나?"
"뭐라고?"
"니가 하도 엄마를 산 사람같이 안 여기서, 시껍 좀 하라꼬 거짓말 쫌 했다."
당당하고, 위세라도 부리는 것 같은 말투였다. 그 순간, 한 달째 달팽이집처럼 엄마를 눌러온 공포는, 내 잔등 위로 옮겨와 난짝 또아리를 틀었다.
꼬박 만 하룻동안, 나는 엄마의 무게에 깔려 실어증을 앓았다.
구월 삼십일.
나는 기어코, "엄마, 이리로 와", 하고 말았다.
마침내 엄마를 받아들이기로 결심한 순간이었다. 머릿속에서 수십 개의 선반에 빽빽히 들어찬 사기그릇들이 한꺼번에 쏟아지며 박살이 났다.
더이상 내 안에 다른 사람을 들여놓을 용의 따윈 없었다. 더구나 엄마라니. 하필이면 엄마라니.
낡은 가족에 대한 희망 없는 집착이 공허해진 지 오래였다. 결혼은 내가 그렇게 마음먹어도 되는 일종의 라이센스 같았다. 방도 세 칸뿐이지 않은가. 소파도 삼인용이고, 식탁도 네 사람 자리뿐. 그 순간엔 분노를 가눌 길 없었지만, 어느새, 호적등본의 내 이름 위에 가차없이 그어진 검은 가위표를 슬그머니 후련해하고 있었다.
역시나 엄마는 들어서는 길로 우리의 소파를 독차지했다. 작은방에서 해기를 밀어내곤, 마치 부패된 페로몬을 발산하는 곤충처럼, 온 집을 엄마의 체취로 꽉꽉 메워넣었다.

엄마의 미모, 엄마의 병, 엄마의 희망.

그 모든 것이 내겐 응석의 변주곡일 뿐. 엄마는 수많은 종류의 응석을 꾸려넣은 찢어진 종이상자 같았다. 삼십 년간, 열심히, 그 응석을 받아주는 척하긴 했다. 그러나 삼 년 전부턴 변심한 애인처럼 마음을 고쳐먹었다. 결코 쉬운 일은 아니었지만, 내겐 아버지의 비참한 죽음이라는 무기가 있었다. 구 개월에 걸친 아버지의 긴 죽음 동안, 나는 엄마에게 걷잡을 수 없이 실망했었다.

장난감 조각들을 발끝으로 걷어찼다.

"해기, 이거 치우고 들어가 눕지 못해?"

아이는 슬슬 뒷걸음을 쳤다.

불시에 아이들조차 확 미워지는 순간이 있다.

겁 실린 눈빛으로 주춤거리는 해미를 싹 지나쳐, 부엌 베란다의 세탁기 뚜껑을 열어젖혔다. 두 시간 전 세탁이 끝났지만, 뚜껑도 열어보지 못했다. 엄마가 나타난 순간, 집의 시간은 보이지 않는 디지털 장치에 억류되었다.

빨래들은 꾸덕꾸덕 굳어 돌돌 휘감겨 있었다. 반쯤 열린 베란다 창으로, 선선한 저녁바람이 옷깃을 파고들었다. 정말 살 만한 가을일 수도 있었는데…….

일 년 중, 가장 좋은 한때가 이렇게 시작돼버린 게 억울하고 분했다. 어제 오후, 알던 출판사에선 어떤 쟁쟁한 사람의 일대기를 대신 써주는 일거리를 맡겨왔었다. 나는 무조건 시간이 없다고 거절했다.

"그렇게 쟁쟁한 사람이면, 직접 원고를 쓰라 그러지 그러세요?"

그때는 금시라도 엄마가 들이닥칠 것 같아 머리끝까지 화닥증에 감겨 있었다.

"뭐, 다른 거 하는 거 있으세요?"

의뢰인은 매우 의아스럽다는 듯 되물었다.

소용돌이처럼 엉킨 채 빨래통 속에 웅크린 뻣뻣한 빨래들을 오징어다리 뜯어내듯 비틀어 당겼다. 주로 아이들 옷이었다. 남편과 둘일 때만 해도 일주일에 한 번만 이 짓을 해도 되었다. 하지만 이젠 이틀에 한 번 아니라 하루에 한 번, 한나절에 한 번, 아니 연속해서 세 번이 될지도 몰랐다. 작년 겨울 집에 들렀던 엄마는 안정제 과용으로 혼절했다가, 분홍색 요껍질에 똥과 오줌을 한바탕 지려놓았었다. 평소엔 멀쩡하다가도 신경안정제와 변비약을 심하게 겹쳐 먹은 날이면, 엄마는 치매 노인처럼 정신을 못 차렸다. 하지만 평소엔 멀쩡했다. 정말, 거짓말처럼.

요껍질이나 차렵이불은 한 통에 간신히, 하나씩이 돌아갈까 말까였다. 부피는 더 나가도 요보다는 이불 쪽이 덜 성가셨다. 요껍질은 지퍼를 열어 당겨내야 하고, 집어넣을 땐 겨드랑이까지 팔뚝을 밀어넣어 네 귀가 꼭 맞게 안으로 들이앉힌 다음, 다시 두 쪽 모서리를 한뭈에 쥐고 온전한 수평이 될 때까지 탈탈 털어주어야 했다.

일곱시 사십분.

우리는 저녁 식탁에 둘러앉았다.

해기가 젓가락 두 짝으로 식탁 유리판 밑을 쑤시며, 엄마를 호기롭게 보고 있었다. 자신들보다 서툰 수저질이, 마냥 우스꽝스런 모양이었다.

"엄마, 할머니가 칠칠 흘리고 있어."

아이의 시선 때문에, 그런 엄마 모양이 와락 짜증스러웠다.

"혼내줘, 엄마."

해미는 한술 더 떴다.

해기는 손바닥으로 식탁을 밀면서 허리를 뒤로 젖혀, 의자 앞다리 두 개를 들리게 한 아주 위험해 보이는 자세로 두 다리를 대롱거렸다.

"어른인데, 왜 콩나물을 흘렸어요?"

"그래, 할머이가 주책스러바서 캑, 안 그렇나, 묵자, 묵어, 엄마가, 죽까지 끼리줬는데, 딸딸 긁어묵어야 착한 아아제, 캑캑, 안 묵고 뭐하노. 어어, 엣취!"

이번엔 물을 마시다 사래들려버렸다.

"휴지, 휴지."

입을 가리고, 끅끅거리며 손가락으로 키친타올을 가리켰다.

"나도!" "나도!"

그러자 아이들은 덩달아 제 몫의 종이타올을 달라고 숟가락으로 식탁을 두드리기 시작했다. 해미는 높직한 유아용 식탁의자에서 빼쩍 일어나, 타올 두루마리를 가리키며 꽥꽥, 소리쳤다.

"나 먼저!" "아니, 나 먼저!" "아냐, 내가 먼저야, 내가 먼저 말했어!" "네가 먼저 아냐! 내가 먼저야!" "이 똥꼬바보!" "똥꼬바보 아냐! 오빠 나빴다! 엄마, 내가 먼저, 으앙……."

동시에 두 장을 뜯었지만, 먼저 누구에게 주어야 할지 난감했다. 항상 이런 상황 때문에, 아이들은 식탁에서 끌려내려 엉덩이를 맞곤 했다.

"씨끄러!"

나는 거의 기차불통을 삶아먹은 것처럼, 있는 힘을 다해 소리를 질렀다.

"왜, 들, 들, 지랄이야!"

숟가락을 탕 내려놓자, 식탁이 튀어오를 것 같았다. 삽시간에, 쥐죽은 듯 고요해졌다.

해기, 해미의 시선이 화급하게 밥주발 위로 쏟아졌다. 내내 딴청만 부리던 해기의 숟가락질이 가속도를 타기 시작했다. 놀란 얼굴의 해미는 고사리 손으로 국그릇을 받쳐들고 국물을 훌훌 들이마셨다.

"아이고, 세상에, 저 국물 들이마시는 거 쫌 봐라. 말귀 다 알아듣고, 다 키왔다."

군데군데 빨건 고춧가루를 묻힌 엄마가, 파안대소했다.

"엇따, 재밌다. 사람 사는 집 같다. 그래, 아아들 소리가 나야 그기 사람 사는 집이지. 여 있다간, 할매가 백 년도 더 살겠네. 느그 보고 짚어서, 죽을라 캐도 어디 눈이 감기겠나."

사람 사는 집?

뿌연 성에가 망막을 덮는 것 같았다.

"해기야, 할머니 참 예쁘지?"

나는 가쁜 숨을 누그러뜨리며, 간신히 딴청을 했다.

"예쁘기는, 다 늙은 할망구가 예쁘기는 뭐시 예쁘노?"

듣기 싫지만은 않은 기색이었다.

하지만 거의 온종일에 걸친 잔인했던 심사를 말 한마디로 슬쩍 때워보잔 수작이었을 뿐이다.

여덟시 반.

팔부로 찰랑이는 물 잔을 들고 엄마는 작은방으로 들어갔다. 식사를 끝냈으니, 이제 밥보다 훨씬 중요한 절차가 남았다. 때로는 엄마가 살아가는 이유처럼 보이는, 한 움큼의 정제들을 차례로 삼키는 일이었다. 나는 반쯤 비운 밥공기 옆에, 슬그머니 수저를 내려놓았다.

식후 혈압약과 중성지방조절제, 항상 미열이 있고 감기 기운이 있으니 판콜 에스를 두어 병 털어넣고, 연속극을 보는 사이사이 노란 둘코락스 일곱 내지 여덟 알, 그리고 약국에서 파는 신경안정제나 병원 신경정신과에서 특별히 처방해 지어 온 수면제를 먹을 것이었다.

하지만 짐작은 빗나갔다. 식탁을 비켜 엄마가 걸어들어간 곳은 목욕탕 옆 내 방이었다. 잠에서 깨어난 후 거의 이십 분 간격으로 그 방을 들락거렸다. 손에는 또 담배와 라이터가 든 천가방이 들려 있었다.

히유, 저놈의 담배.

나는 되우 이맛살을 찌푸렸다.

엄마의 연초를 치른 방은 곰 잡는 굴 속 같았다. 설거지감을 쌓아둔 채, 창문부터 활짝 열었다. 스위치를 켜지 않은 깜깜한 굴 속에 잠시 우두커니 앉아 있었다. 너무 울적

했다. 아이들 걱정도 됐지만, 그게 전부는 아니었다. 방문을 꼭 닫은 채 환기만 잘 시키면, 연기가 마루로 흘러나오지 않게 할 수도 있었다.

"엄마", 라고 조그맣게 읊조려보았다.

내게도 오래된 스웨터처럼, 낡았지만 포근한 그런 엄마가 있었으면 참 좋을 것 같았다.

5. 여왕

일주일 뒤.

나는 의뢰인에게 내 손으로 전화를 걸었다.

"필자, 구하셨어요?"

그 일을 할까 말까, 일주일 내내 생각해온 것도 아니었다. 하지만 내가 건 전화의 발신음을 내 귀로 들어야 하는 순간부터, 고통이 왔다. 가슴이 두근거리고 침이 마르는 종류의, 신경질적인 긴장이었다. 만약 저쪽에서 필자를 구했다는 응답이 들려온다면. 어떤 반응을 보이고, 자존심을 유지하면서도 동시에 약간 겸손한 느낌이 들도록 전화를 끊을 수 있을까.

"아, 네…… 아직……."

의뢰인은 말끝을 흐렸다.

"혹시, 아직 못 구하셨다면, 저번에 제의하신 금액에서 백만원을 올려받을 수 있다면, 제가 맡을 수도 있을 것 같아서……."

뜸 들여 자존심을 보이고 싶었던 게, 되레 애걸조의 더듬거림이 되고 말았다. 뜨거운 덩어리 같은 게 목젖을 눌렀다. 실은 이백만원을 올려봐야겠다고 마음먹고 있었다. 하지만, 혹시, 라는 말을 꺼낸 순간, 백, 이백 사이에서 흔들리기 시작했고, 불쑥 내뱉은 다음에야 이백이 아니라 백이라 말해버린 게 허탈해졌다.

"넷?"

"뭐, 곤란하시다면……."

"아닙니다! 곤란하지 않습니다."

의뢰인의 호흡이 가빠졌다. 그 돈에 쓸 만한 필자를 구하기란 그녀로서도 만만찮은 일이었다.

"지금 확실히 말할 수는 없지만, 제가 저쪽에 다시 제의를 하면, 그 정도야 조절이 가능할 것 같은데요."

"네에……."

상대가 너무 선선하니 더욱 밑진 느낌이었다.

"그럼, 하시는 거죠?"

"네?"

"원고료가 문제라는 얘기 아닙니까?"

"네……."

나는 기어들어가는 목소리로 간신히 대꾸했다.

"네. 네, 그런 것 같네요……."

귀구멍이라도 있으면 숨고 싶었다.

"뭐꼬? 백만원이 뭐시라? 니 지금 뭐시라 캤노?"

아침부터 만신이 아프다 소파에 오그렸던 엄마였다. 수화기를 내려놓기 무섭게 상반신을 벌떡 일으켰다. 나는 두 눈을 동그랗게 흡떴다.

듣고 있었을 줄이야.

하루살이 같은 희망의 알갱이가 눈앞에서 무수히 흩날려, 어지러움을 가눌 길 없다는 듯한 표정이, 섬광처럼 그 얼굴을 스쳐갔다. 나는, 손바닥 두 개로 삼각산을 만들어 흡, 입술을 가렸다.

"내한테는 말 안 해줄 끼가?"

희망에서 소외되지 않겠다는 고집.

대답 대신 마루에 털썩 주저앉았다. 마른 빨래 무더기가 언덕처럼 쌓여 있었다. 나는 잠자코 해기의 양말부터 집어 들었다. 차곡차곡, 빨래를 개킬 일도 아득했다. 빨래, 청소, 설거지, 식구들 치닥거리. 온종일 대나무를 씹는 팬더처럼, 내 시간에 대한 그것들의 식욕은 포만감을 몰랐다.

의뢰인에게 다시 전화를 걸어야겠다고 마음먹게 된 것도, 엊저녁 설거지에 불끈 울화가 치밀면서였다.

"응. 일거리가 있어서. 한번 해보려구."

"일?"

"응."

"무슨 일인데?"

"글 쓰는 일."

"글?"

"응, 책 원고."

최대한, 심드렁한 응수였다. 하지만 책이란 단어가 튀어나온 순간, 엄마는 순간적으로 창백해졌다.

아차, 책 같은 소릴 꺼내는 게 아닌데.

얼굴 가득 함박웃음을 배어물고, 엄마는 꼼짝도 하지 않았다.

"니가 책을 쓴다꼬?"

꼴깍, 침을 삼키며 되물었다.

"응, 그런 거 있어."

차마 남의 책을 대신 써주는 초라한 일거리라는 말이 떨어지질 않았다.

"야야, 아정아…… 니, 참말로 장하다……."

모골이 송연했다.

"니가 그럴 줄 알았대이…… 니가, 참, 글도 얼매나 잘 썼댔노……."

엄마는 만신이 쑤신다는, 우천후 신경통까지 깡그리 잊은 모양이었다. 베란다 밖 하늘이 먹빛 차일에 가린 듯, 한바탕 비를 뿌릴 조짐이었다. 구름장 덮이고 습도가 높아지면, 엄마는 궂게 침잠한 방안에서 누에고치처럼 종일 웅크리려고만 들었다.

"그래, 그 책을 쓰면 돈도 많이 벌겠제?"

"많이 팔려야 벌겠지."

엉겁결에 거짓말을 하고 말았다. 어금니를 딱, 부딪쳤다. 내가 받을 소정의 원고료는 책이 많이 팔리고 말고와 하등 상관이 없었다.

"세상에, 이런 경사가 있나. 그래, 무슨 책인데?"
"뭐, 사람 사는 얘기지."
빨래를 개키는 손놀림이, 열에 들떠 재발라졌다.
"사람 사는 얘기? 그기 뭔데? 연속극 같은 기가?"
"연속극?"
"사람 사는 얘기사, 연속극에서 맨날천날 안 해쌓나? 방송극본이가? 그렇구나. 세상, 참말로 잘됐다. 그기 요새는 제일 괜찮다 카드라. 돈을 그리, 억쑤로 번단다."
"누가 그래?"
"나도, 다 안다."
"어떻게?"
"말해주는 사람이 있다."
"누구?"
"하여간, 있다."
거짓말 꼬리를 물고 돌았다.
"아무튼지 장하대이. 내가 오늘부터 기도를 해야지."
끙. 이런 순간에만 기도라는 말을 잘도 기억해내지.
"기도는 뭐할라꼬?"
"니 책 많이 팔리라꼬 정성을 바칠 끼다. 언제 다 쓰노? 백일기도면 되까?"
"아이, 제발 좀 그만해!"
푸드득 진저리를 쳤다.
"와, 그 카노. 니 그 성질부터 고치라. 그래 푸드득거릴 때 보면, 느그 김씨 성질 그대로다. 느그 아버지가 똑 안 그랬나. 그라지 마라. 자꾸 그래싸면 될 일도 안 된다. 엄마를 봐라. 물 흐르득기, 고요하게…… 팽생을 안 이리 사나. 사랑도, 미움도, 다 안으로 다스리라. 살아보면 안 허망하고 티끌 안 같은 기 없다. 그리고 이미 지나간 일은 어짤 수가 없다. 암만 후회스러버도, 지나간 거는 지나간 기다. 그러니까 니도, 마음을 너그럽게 먹고,"

"엄마!"

애원조로 엄마를 올려다보았다. 무심결, 어금니를 딱딱거리며 자폐아의 틱현상 비슷한 상태로 빠져들었다.

그러나 엄마는 훨렁 일어나 겅중겅중. 베란다 문을 활짝 열었다. 되돌아 선 그 얼굴엔, 서광이 서려 있었다.

"니, 말이다. 그 책 팔아서 돈 많이 벌면, 엄마 충치 이거 쫌 어떻게 해주는 기 어떻겠노."

"치료했잖아?"

나는 부랑스럽게 턱을 내둘렀다.

"그래……."

음성이 구슬퍼졌다.

"하긴 했어도, 싸구려로 안 했나."

히유, 한숨으로 뜸 들이며,

"오래 가고, 뒤탈 없을라몬, 금으로 해야 된단다", 울먹일 듯 중얼거렸다.

"치료 다 끝난 걸 뭐 하러 또 드릴로 갈아? 마취도 하면 안 된다며? 저번에도 그렇게 고생해놓고."

"마취 그까짓 기사."

"됐어."

"그래? 그라믄 이는 그냥 놔두까? 그라믄, 내 겨울외투를 밍크로 하나 갈아주면 어떻겠노."

엄마 얼굴이, 다시 연인을 향해 치마폭을 쥐고 달리는 보바리 부인처럼 홍조를 띠기 시작했다.

"밍크!"

나는 어금니뿐 아니라, 이틀 전체를 딱딱거리며 부딪쳤다.

"밍크 있잖아!"

"아, 그기사, 벌써, 이십 년도 더 된 넝마 아이가. 요새는 아무도 그런 밍크 안 입는다. 꼭 우장바우 안 같더나? 그기 좋으면 니 입어라. 니 주께. 니는 우째 그래 옷이 아무것도 입을 게 없드노. 김 서방 돈 벌어서 뭐하노. 아직 월급이 그래 작나? 하기사, 아아 키울 때는, 고급 필요없다. 하지만 내사 이제 나이에 맞게, 좀 번듯하게 입어야 안 되나. 뭐라 뭐라 캐도, 옷은 유행 따라 입는 기 최고다. 길이는 마, 하프로 해가지고, 색깔도 시커먼 거 말고, 은여우색 같은 걸로, 가슴선에서 후레야 스카트맨치로 찰랑찰랑 퍼지는 거, 그런 기 입고 싶다."

"찰랑찰랑", 하면서 엄마는 훌라후프 돌리듯 허리 아래를 살랑살랑 흔들어 보였다. 뱃살만은, 엄청나게 비대해진 엄마였다.

나는 허리 고무줄이 늘어나고, 보풀이 일어난 연두색 쫄바지를 멀건히 내려다보았다.

"뭐하노. 빨래 그거 그냥 놔뚜라. 내가 개킬꾸마. 니는 빨리 들어가서 글 써라!"

뽀드득, 이를 갈았다. 이미 빨래는 차곡차곡 개켜져, 소원을 비는 세 개의 돌탑처럼 위태롭게 켜를 이룬 뒤였다.

엄마, 엄마!

일은 그렇게 시작되었다. 세번째 인터뷰를 했던 날, 나는 어둠이 내린 거리에서 길을 잃었다.

나의 주인공은 보험세일즈의 여왕이었다.

그날 나는 강이 내려다보이는 여왕의 아파트를 찾아갔다. 여왕은 혼자 살았다.

열한시 정각 벨을 누르자, 슬리퍼도 안 낀 맨발이 빼곡 얼굴을 내밀었다. 별명은 '우아한 마당발'인데, 뜻밖에 잘 안 먹는 아기발처럼 쬐그맣고 홀쭉했다.

"들어와요. 식사 쪼끔 같이 합시다."

마루턱 벤자민에까지 된장국 냄새가 스며 있었다. 갑자기 시장기가 회동했다.

"뭘요……."

하지만 그 잎새라도 뜯어 쌈 싸먹고 싶을 만큼, 모든 사물에 식욕을 느꼈다.

"이 일 시작하고 칠 년 동안, 사실 아침 먹는 것도 상상을 못 했어."

빨간 밥솥이 새하얀 김을 한소끔 뿜어냈다.

"현미밥 먹어요?"

"네, 뭐. 전 그냥, 아무거나 잘 먹어요."

뜨거운 밥그릇이 올라왔다.

"이건, 김치하고만 먹었으면 먹었지, 김치 없인 못 먹어."

붉은 알타리 양념이 양귀비처럼 화려했다.

갈색으로 졸인 연근부터 아작아작 씹었다. 쫄깃쫄깃, 단물이 배어나왔다.

작년에 얼마를 벌었었다구?

알타리는 싸각싸각 씹히고, 된장에 버무린 취에선 들기름내가 고소했다.

2억? 3억?

"난 여태 위장병 같은 것도 몰라. 어쩌다 종합검진 같은 거 받죠? 그럼, 전부 양호, 양호, 양호래…… 나는 괜시리 어디 고장난 것도 같은데, 아니래. 몽땅 말짱하대. 장사 다 됐지."

밖에서보다 집에서의 여왕은 훨씬 단단해 보였다.

쉰셋. 엄마완 딱 열 살 차이였다. 하지만 줄줄이 네 자식을 유학까지 시키는 억척어멈. 첫째는 유씨엘에이, 둘째는 뉴욕, 셋째는 보스턴에, 넷째는 북경이라 했다.

"천천히 들어요. 꼭꼭 씹어서. 내가 우리 애들한테도 식사 때마다 늘 그렇게 시켰어. 삼십 번씩 꼭꼭 씹어라…… 그리고, 옆에서 지키고 보는 거야. 좀 유난했지. 극성엄마 뭐라고들 하지만, 난 그렇게 생각 안 해. 에미가 뭔 줄 알우? 전생에 빚쟁이요, 빚쟁이. 있건 없건 퍼줘야 되는 거지. 에미라는 거. 난 세상에서 제일 위대한 게 그거 같애."

삼십 번을 꼭꼭 씹은 밥알들이 목구멍에서 곤두섰다.

"아빠 있었을 때만 해도, 그야말로 귀부인처럼 살았어. 난 사는 게 쇼핑하고 애들 재롱 보고 여행 가는 건 줄 알았다니까. 평생 그럴 줄 알았지. 그런데 하루아침에 남편이

떡 엎어졌어. 산지사방 빚만 깔아놓고, 저만 혼자 영혼까지 챙겨들고 덜커덕 가버린 거야. 그러니 어떡해? 죽은 사람 붙들고 내 인생 물어내, 할 수도 없고. 꿈인지 생신지. 빚잔치 하고 나니, 집도 절도 없지. 이게 진짜 알거지구나 싶더라구. 하숙 칠까, 비디오 가게 차릴까, 벼라별 생각, 안 해 본 궁리가 없어. 그러다, 떡 하고 보험이란 걸 시작하게 됐는데…….”

올려놓을 수 있는 곳엔 죄 트로피였다. 빨간 리본을 묶은 전형적인 트로피가 일곱 개, 접시 모양의 상패 서너 개에, 두터운 유리로 된 감사패들까지. 트로피와 꽃다발에 휘감겨 흐드러지게 웃는 여왕 사진.

칠 년의 전리품을 따라 한 바퀴 시선을 굴렸을 땐, 식욕도 깨끗이 고갈되었다. 하긴, 아무 상관 없었다. 밥공기는 이미 깨끗이 비워져 있었다.

여왕은 소파에서, 나는 바닥에서 일이라는 걸 시작했다. 카세트레코더에서 공테이프가 돌기 시작했다. 새파란 파일북 세 권에 상장들이 숨차게 꽂혀 있었다. 건성건성. 꼼꼼히 보려 들면 그것만으로 하루해가 부족할 분량이었다.

일월 우수상, 이월 우수상, 삼월 우수, 사월 우수, 우수, 우수, 우수수…….

돈과 상장으로 도배된 여왕.

“어떻게 보험을 할 용기를 내게 됐느냐…… 그래, 나로선 그게 진짜 용기였지. 아무 능력도 없고, 가진 거라곤 자존심밖에 없는 사람이. 보험 팔겠다고 남의 집 대문 두들기다 개한테 쫓기고 그래봐. 첨엔 그냥 피눈물만 나지. 그 길로 한강 다리를 들이받고 콱 처박히고 싶은 생각을 한두 번 한 게 아냐. 하지만 어떻게 그 고비를 넘기고, 오늘날까지 오게 됐느냐…….”

불시에, 통한과 전율 같은 게, 여왕을 타고 내렸다.

“대답은 하나밖에 없어요. 오직 내, 자식들…….”

드디어 자식, 이라고 말해치운 순간이었다.

여왕의 메말랐던 음성에서 물기가 좍 배어나왔다.

“그래, 내 새끼들,”

굵은 눈물방울이, 벌어진 블라우스 앞섶으로 후두둑, 떨어졌다.

마치 짜여진 각본에 의한 행동처럼, 하나하나의 이음새가 완벽했다.

당황했다. 끄적거리던 걸 멈추고, 물끄러미 여왕을 올려보았다.

이런 부분은 어딘지 엄마 냄새가 나…….

그리곤, 어이없는 광경의 연속이었다. 여왕은 수시로 화장실을 들락거리며 세수를 했다. 연신 휴지를 뽑아 코를 풀고, 들이마시고.

“밤마다 여기 혼자서, 내가 뭘 하는 줄 알아요?”

기어이 음악까지 틀었다.

롱 스커트를 흔들며 일어나선 훌쩍훌쩍 울어가며 맨발로 발장단을 쳤다. 삽시간, 온 집안에 현미의 밤안개가 끈적끈적 흘러내렸다. 스커트의 쭉 찢어진 옆솔기도 그때 비로소 눈에 들어왔다. 믿을 수 없이, 가느다랗고 새하얀 다리였다. 속이 불쾌하게 울렁거렸다.

솔직히 그 즈음부턴, 앞이 보이지 않았다. 강 수면에 찰랑거리던 은빛 부챗살이 찬란한 금빛으로 변해갈 무렵. 여왕은, 아예 베란다 유리에 찰싹 눌러붙어 크응크응 흐느끼기만 했다.

"아, 이럴 때 술이라도 마실 줄 알았다면……."

여왕의 얼굴은 으깨진 토마토 속처럼 벌겋게 뭉클어졌다.

모든 게 걸죽한 시럽처럼, 끈끈하게 변해버렸다. 홀연, 그 산뜻한 된장국도 믿을 수 없다는 생각이 치밀었다. 나 자신이 갈색 시럽 속에 다리가 엉겨붙은 파리 꼴이 된 것 같았다.

"외로워, 너무 외로워. 그 누가 상상인들 하겠어. 남편이 없는 삶이 얼마나 비극인지."

벽시계가 7을 가리킬 때쯤, 간신히 마지막 다리 한 짝을 떼어냈다.

휴, 하마터면 빠져 죽을 뻔했다.

눈물에 헝클어진 여왕이, 희미하게 "잘 가요", 했지만, 그 소리도 듣기 싫었다. 이 여자에게서도 어딘지 연기자 냄새가 났다.

예상보다 훨씬 인간적인 여왕이긴 했다. 하지만 나는 다람쥐통에서 빠져나온 새앙쥐처럼 멀미에 비틀거렸다. 엘리베이터가 닫힌 순간, 과연 이 글이 완성될 수 있을지, 공황감이 엄습했다.

아파트 단지를 터덜터덜 빠져나왔다. 두리번두리번. 이번엔 진짜 눈앞이 암담했다. 동네는, 너무 낯설었다. 이미 두

더운 어스름이 땅거죽을 기고 있었다. 내가 내려다본 강은 과연 진짜였을까. 어디에도 강은 보이지 않았다. 오직 거대한 아파트만으로 조립된 미로 속. 내가 아주 싫어하는 종류의 찬바람이, 머리칼을 헤집었다. 낮은 뜨겁기까지 했는데.

마구 헤매며 걸었다. 휙, 스치는 택시조차 잡을 수 없었더라면 정말 울어버렸을지도 모른다.

"가장 가까운 지하철역에요."

이천삼백원이나 나왔다. 얼떨결 주머니 속 이천원과 동전 삼백원을 얹어주고 내린 순간, 아차, 싶었다. 아무래도, 그날 아침, 지갑을 챙겨 나온 것 같지 않았다. 내처 역사로 뛰었다. 매표구 창턱에 가방을 내려놓고, 구멍이란 구멍은 속속들이 뒤졌다.

역시였다.

퍼뜩, 수라장이나 다름없었던 그날 아침 진풍경이 떠올랐다.

단 하룻동안, 아이들을 엄마에게 부탁하기 위해 나는 거의 봉변에 가까운 곤욕을 치르고 나왔다. 설거지를 도와주마, 나선 엄마는 그릇을 두 장이나 깨뜨렸다. 해미는 그날따라 일어나자마자 오줌을 쌌다. 화장을 하다 말고, 땀을 뻘뻘 흘리며 해미에게 샤워기를 들이댔다. 해미는 샤워기라면 질겁이었다. 스카이퐁퐁처럼 팔딱팔딱 뛰면서, 머리를 홰홰 젓고 앙앙거렸다. "엄마, 안아줘, 엄마, 안아줘." 물이 철철 흐르는 온몸을 내게 비벼대었다. 그 바람에, 막 드라이를 마친 머리는 금세 젖은 수세미가 되고, 콤팩트를 눌러놓은 콧등도 얼룩덜룩 땀구멍을 드러냈다. 해기는 유치원 가기 싫다고 버티고……. 간신히 집을 빠져나오는 순간, 엄마는 소파에 벌렁 드러누워버렸다.

지닌 돈이라곤, 택시요금으로 털어버린 이천삼백원이 전부였다.

일곱시 이십분.

집에 갈 수 있을까.

단 몇 시간이란 주머니 속에 한 여자의 평생을 퍼담아야 했다. 극심한 스트레스와 더불어 쓰린 속에 토기가 치받쳤다. 참을 수 없이 배가 고팠다. 매점의 햄버거, 김밥 따위를 성냥팔이 소녀처럼 흘끔거렸다. 하지만, 팔아달라 외칠 성냥 한 개비 지닌 게 없었다. 게다가 절박한 요의까지. 여왕이 몹시 울어, 화장실도 들르지 못하고 허겁지겁 뛰쳐나와야 했다.

여왕이, 맹렬히, 미웠다.

변기 위로 엉덩이를 쳐들고 거의 이, 삼분에 걸쳐 괴롭게 오줌을 누었다. 오줌은 끊어질 듯 끊어질 듯, 끊임없이 지려나왔다.

미스터 빈이군.

무심코, 가디건 속에 받쳐입은 셔츠 윗주머니에 손이 갔다. 그건 정말, 어쩌다 취해본 우연한 동작이었다.

그럴 수도 있는 모양이었다. 주머니엔 토큰 한 개와 천원짜리 한 장이 들어 있었다. 셔츠 한 장으로 돌아다녔던 어느 날인가, 무심코 넣어두곤 잊어버렸나보았다.

이건, 잡신들의 농간이야.

누군가 나를 훔쳐보며 키득거리는 것 같았다.

어둠이 깔린 집에 들어섰을 땐, 와구와구 주워먹고 뻗고 싶은 일념뿐이었다.

스위치를 올렸다. 마지나타 잎새가 바짝 말라 보였다. 사흘째 물 주는 것도 잊었었다. 수면에 입을 오므린 금붕어들은 미동도 하지 않았다. 마루는 난장판. 너질러진 레고블록 사이엔, 카세트테이프까지 끼어 있었다. 갈색 테이프 줄기들이, 엉킨 실꾸리처럼 밖으로 튀어나왔다. 저건 또 틀림없는 해미 짓일 테지.

이건 또 누군가가, 악착같이 나를 쉬지 못하게 하려는 농간 같았다.

왜 이런 일은 또 시작했을까. 아이들은 소파에 마주 누워, 발로 서로의 머리를 툭툭 차대고 있었다. 혼곤히 잠들었다. 씻지도 않고. 신고 있는 양말 바닥이 새까맸다. 밥은 먹었는가……. 작은방, 열린 문 틈으로 엎드린 채 코를 코는 엄마가 길죽한 사다리꼴로 눈에 잡혔다. 역시 양말을 신은 채. 방안은 털어먹고 구겨놓은 약봉지로 어수선했다. 아홉시 사십분.

나는 조심스럽게 엄마를 흔들어 깨웠다.

"뭐시고?"

엄마는 버르르 일어났다.

"뭐꼬, 난리났나?"

까치집처럼 부수수한 머리. 퉁퉁 부은 얼굴. 불다 터진 풍선껌을 눈두덩에 붙인 것 같았다.

"니 왔나?"

나를 알아보았다.

"몇 시고?"

내의 밑에 손을 넣고 북적북적 긁었다.

"아홉시 사십분."

"아홉시 사십분?"

눈에, 이글이글한 빛이 떠올랐다.

"참말로 너무한다."

"응?"

"참말로 너무한다꼬."

"뭐가?"

"환자한테 아아들을 맽기놓고, 아홉시 사십분이 뭐꼬?"

"좀. 그럴 일이 있었어."

"또 이랄 끼가?"

"응?"

"또 이리 늦게까지 날로 골탕을 믹힐 기냐고?"

골탕?

"일부러 그랬어?"

"나는 몬 한다."

"뭘 못 해?"

"내가, 몸만 성하다면야 니를 뒷바라지해도 좋고 다 좋지만, 이 몸을 해가지고는 그래 몬 해준다."

"뒷바라지?"

"이기 그라는 거 아이고 뭐꼬?"

정색을 했다.

"얼마나 그랬다고?"

"얼마고 뭐고, 나는 몬 한다. 해기 저 자슥 어찌나 개구진지, 하루 종일 시껍했다. 해미 자아는 안 되겠데? 에미 떨어지니까, 아아가 영 갈피를 몬 잡더라. 하루 종일 안아 달란다. 밥 한 술 제대로 못 묵고, 허리가 끊어지는 거 같아서, 마 소리를 꽥 질러뿠다. 즈그끼리 놀다가 자는지, 우쨌는지…… 우찌 됐노?"

"……."

"아무튼지, 아아들 맡기고 그래 돌아다니야 되는 기면, 그놈의 거, 하지 말아뿌라. 그냥 몬 하겠다 캐라."

와락 열이 뻗쳤다.

"이제 와서 어떻게 그래? 언제는 백일기도를 해준다며?"

"생각해보이, 만사 허망하다. 사는 기 맨날천날 이렇지, 니 책 그거 쓴다고 세상이 디비질까? 니 하나 잘되기를 바라고 삼십오 년을 살았다. 하지만 무슨 소앵 있었노? 다 집어치우고, 아아들이나 잘 키우고 살아라. 그냥 포기해라. 눈 딱 감고. 사람 팽생 잠깐이다."

"그럼 어떡해, 이 일이라도 해야지."

"무신 일인데? 돈도 안 되고, 이름도 안 난다면서. 그런 걸 뭐하러 하노? 그래, 내 진작에 뭐라 캤더노? 약대 가든가, 의사가 되라 안 캤나? 니가 약대만 갔어봐라."

종이 부스러기를 주섬주섬 주우며, 엄마도 뜨거운 덩어리와 씨름을 했다.

"그랬으면, 지금 이라고 있지도 않고, 아버지도 그래 일찍 죽도 안 했다. 하라 칼 때 안 하다가, 인제 와서 무슨 꽃나발을 불끼라꼬 이래 식구대로 골탕을 믹이노?"

"의사고 약사고 적성에 안 맞는데 어떻게 해?"

"적성? 그게 뭐신데? 그냥 하면 되지, 몬 할 기 뭐 있노? 니보다 훨씬 몬 하던 아아들도, 열배 백배는 더 잘됐더라. 내 같으면 그 머리 갖고, 판사, 대통령도 됐겠다. 중학교 때 니 아이큐가 얼마였는지 아나?"

"엄마!"

"그래, 고만하자. 말하이 뭐하노. 억장만 무너진다. 그라이까 내가 아뭇소리 안 한다 아이가. 그라이 니도 그냥 살아라. 남들같이, 아아들 잘 키우고, 그맨치만 돼도 밑져야 본전이다. 무다이, 와 사서 고생이고? 니만 고생이가? 내는 이기 뭐꼬. 아아들은 뭐꼬. 김 서방인들 뭐시 좋겠노?"

"그럼 그냥 바보같이 살다 엄마처럼 늙으라고?"

"뭐라꼬?"

"엄마, 세상 엄마가 전부 엄마 같았으면 이 세상에 엄마라는 말도 없었을 거야."

"뭐라 카노? 이기 무슨 생사람 잡는 소리고? 아이구, 참, 그래 다 죽어가는 에미 하나 못 봐내서 가슴에 불벼락을 퍼 앵기나?"

"생각해봐, 엄마 같았으면 어땠을 것 같애?"

"오냐, 진작 그 말 몬 해서 우째 참았드노? 그래, 나도 안다. 언제 니가, 낼로 엄마 대접했드나? 팽생 팩팩 쏘아대고, 안하무인으로 엄마 괄세하고. 옛날부터 내가 니한테 하던 소리 안 있나? 니도, 니 같은 딸을 하나 딱 키와봐야 된다."

"엄마, 내가 왜 이러는지 정말 모르겠어?"

엄마 팔을 휘어잡았다. 엄마는 팔뿌리를 홱 뽑아냈다.

"그래 모른다. 나는 무식하다 아이가. 그래도, 많이 배왔다는 니한테 참말로 유감 많다. 니는 우째 그리, 엄마 같은 건 안중에도 없노? 늦으면 늦는다꼬 우째 전화 한 통을 몬하노? 엄마는 사람도 아이가? 니는 혼자 하늘에서 떨어진 줄 아나? 오냐, 보따리 싸꾸마. 혼자 가서 팍 죽어삐릴란다. 뭐하러 살겠노? 참말로 딸자식 아무 소앵 없다 카더마는."

푸득푸득 일어나 자켓을 걸쳤다. 옷도 꾸리지 않은 헐렁한 가방을 팔굽에 걸쳐 들고, 홱 튀쳐나갔다.

못 본 체 가만히 앉아 있었다.

"아이구 어지러버라", 엄마가 현관 문턱에 털푸덕 주저앉았다.

그렇게 오 분쯤의 시간이 흘러갔다.

엄마는 가방 속에서 담배지갑을 끄집어내, 한숨을 토하며 내 방으로 들어갔다.

다섯, 넷, 셋, 둘, 하나!

나는 왈칵 뛰어가 엄마가 들어간 방문을 열어젖혔다. 빨간 불꽃을 꽂아 낀 엄마의 손가락이 포물선을 그리며 죽, 떨어졌다. 그런 엄마를 한참동안 노려보았다.

그날 내겐, 여왕이라는 강력한 무기가 있었다.

6. 장미

여왕과, 그녀의 남편이 묻힌 공원묘지에 갔다 왔다.

여왕은 술을 뿌리고, 생수 한 병을 철철 따라 부은 하얀 꽃화분을 바쳤다. 차 트렁크에서 꺼내온 돗자리를 펼쳐놓곤 오랫동안 앉아 있었다.

"볕이 따갑구만. 김 선생 얼굴 다 타겠네. 파라솔이라도 갖고 오는 건데……."

여왕이 부끄럼을 타는 건 의외였다.

다음 날 아침.

의뢰인의 전화 벨소리에 잠을 깼다. 토요일이었다. 벌써, 책의 목차를 보챘다. 커피만 거푸 석 잔을 들이켰더니, 심장이 재즈처럼 드럼을 쳤다.

간밤 꿈에, 아버지를 보았다.

삼 년 전 돌아가신 아버지에겐, 묘소 같은 것도 없었다. 아버지는 오랫동안 태워졌고, 남들보다 많은 분량의 허연 뼛가루는 세 자매의 손바닥에 얹혀 새파란 바다에 뿌려졌다. 그 상자의 홀연한 가벼움은 정말 뜻밖이었다. 아버지는 굉장히 무거웠다. 상자도, 그보다는 훨씬 무거워야 할 것 같았다.

춥고 음산해 보였다. 꿈속의 영혼조차 방랑자 같았다. "아버지!", 부른 순간, "간다", 하며 훌쩍 사라져버렸다. 꿈이었지만, 사무쳤다.

이상하다. 죽음이, 나와 아버지를 그렇게 속절없이 화해시킬 줄 몰랐다.

그리고 그 홀연한 화해가 엄마와 나 사이를 줄곧 가로막아왔다.

하지만 안다. 엄마도, 좋아서, 후련하려고 그랬던 게 아니다. 아버지를 그렇게 보낼 수밖에 없었던 게, 엄마 생의 마지막 살풀이였다.

"뭐꼬? 느그가 뭐한 기 있노? 상속 같은 거, 꿈도 꾸지 마라."

우리들한테까지 살을 풀려 들었다.

상속이래야 대단치도 않았다. 다 쓰러져가는 삼십 년 된 이층집 한 채가 고작이었다. 그나마 남겨놓으려고, 아버지는 병원 문턱 한 번 밟지 않고 똑바로 죽음을 향해 걸어갔다. 혼자 남을 엄마에 대한 마지막 배려였다.

지독한 아버지. 언제, 어떤 식으로든 지독한 느낌의 흔적만 남겨놓았다.

아둔한 정신으로, 컴퓨터 앞에서 목차를 쥐어짰다.

“아무리 외롭고 살을 깎는 고통이 있어도, 철저히 홀로 서리라 했지. 속 상할 땐, 술이라도, 담배라도 했으면 했어. 하지만 난 그런 건 못 해. 입에도 못 대니까.”

어떤 여인에겐, 술 담배를 못 한다는 것이 자랑거리가 된다.

이런 건 삭제야.

다음은 생, 다음은 삭제, 생, 삭제…….

테이프나 다시 들을까. 벌써, 세번째 리와인드였다. 다섯 개의 녹취테이프는, 듣고 있노라면 왠지 눈물이 났다. 나도 모르게 여왕의 슬픔에 빨려들어갔다. 이상하다. 여자의 넋두리란 스트로처럼 감정을 빨아당긴다. 손가락이 거의 자동기술식으로 자판을 난타하기 시작했을 때였다.

딸깍, 문이 열리며 누군가 방안으로 들어왔다. 왁!, 비명을 지를 뻔했다. 바로 옆 의자에 엄마가 털썩 앉아버린 순간, 손가락에서 퓨즈가 끊어졌다.

젠장.

손에는 담배가 든 꽃무늬 천가방이 들려 있었다. 안색은 저승꽃이 핀 것처럼 거뭇거뭇 삭았지만, 프로필만은 석고상처럼 또렷했다.

“히유…….”

부시럭부시럭 담배 한 가치를 뽑아냈다.

비위가 상한다. 좀, 나가달라고 말하고 싶었다.

다섯 손가락 끝이 바람에 스스대는 가랑잎처럼 파들파들

떨렸다. 눈을 게슴츠레 내리뜬 표정은, 요동치는 저울바늘처럼 일렁거렸다. 그런 엄마의 모습은, 한때 날리다 퇴락해 버린, 엄마가 좋아하는 어떤 대하소설 속의 퇴기를 연상시킨다. 그러니까, 봉순이 같은 것.

조급하게 빨아들이고, 위로 훅훅, 연기를 뿜어댄다. 엄마는 보통 아이스바처럼 길죽한 장미를 피웠는데, 전날부턴 버지니아 슬림이었다. 내가 없을 때, 유리 엄마가 다녀간 모양이었다. 그 동안 유리 엄마는 으리으리하게 잘사는 서울부자로 변모했다. 가끔씩 엄마를 찾아올 때마다 버지니아 슬림 한 보루씩을 떨구고 갔다.

"유리 엄마가 니가 너무 장하다 카더라."

"응?"

미간이 확 찌푸려졌다.

"아아 데꼬 책 쓴다고, 악발이 중에 악발이란다."

"책 쓴다고 했어?"

확실히, 고개를 옆으로 틀며 좀 도전적으로 물었다.

"그래, 했다. 나도 자식 자랑 좀 하고 싶어서. 책 쓰는 거 책 쓴다 캤는데, 뭐시 잘못됐나?"

엄마의 시선이 컴퓨터 모니터로 옮겨 왔다. 눈이 흐려져, 무얼 골똘히 볼 때면 눈을 뜨려고 용을 쓰는 심봉사의 표정 같았다.

"무슨 내용이고? 자식을 떳떳하게 잘 키운다꼬? 누가 하는 소리고? 세상에, 자식, 떳떳이 안 키우는 사람이 어디 있노?"

꿀꺽, 침을 삼켰다.

"차라리, 낼로 갖고 글을 한번 써봐라. 자슥 이야기라면, 내사말로, 세상에서 제일 할말이 많은 사람 아이가. 니 채희 엄마 생각나나? 어제 유리 엄마한테 들었는데, 삼 년 전인가, 채희네가 장한 어머이상을 탈 뻔했단다. 세상에, 무슨 엉터리가 그런 엉터리가 있노. 내가 다 아는데, 채희네 그거, 시원찮은 여편네그등. 채희네가 상을 탈 정도면, 내는 곱배기로 받아도 시원찮을 끼다."

나는 재빨리, 글자가 찍힌 행을 위로 감춰버렸다. 모니터는 감쪽같이, 새파란 빛의, 텅 빈 풀로 변해버렸다.

"와? 내가 좀 보면 안 되나?"

엄마는 악착같이 틈을 파고들었다.

매운 연기 한 점이 눈을 쏘았다. 울고 싶도록 답답했다.

"아라 이년은 에미가 와 있는데, 우째 내가 하기 전에는 전화 한 통을 안 하노? 숭측하제. 지가 암만 바빠도 그렇지. 바쁜 기 무슨 소앵이나 있으먼. 무단시리 아무 가망 없는 공부를 와 못 집어치울꼬. 저래 사느니, 츄직을 하거나, 어데 시집이라도 가는 기 천배 만배 낫다."

아라까지 끄집어내다니.

"그 아까운 인물, 한번 피보도 몬 하고 늙어가는 기 아까버서 몬 살겠다. 내 딸이 우째 저리 됐노, 내가 마, 아라 생각만 하면,"

"엄마, 끊지는 못 해도 좀 줄일 수는 없어? 펴도, 펴도 너무 핀다."

애꿎게 담배를 걸고 넘어졌다.

"그리고, 자꾸 이러면 나 방해된단 말야."

엄마는 종이학처럼 납짝하게 구겨졌다. 담배를 쑥 뽑아낸 입모양 그대로, 마치 처음 보는 이상한 물건인 양, 지글지글한 시선으로 내 왼쪽 뺨을 태울 듯이 째려보았다.

"와, 담뱃값 때문에 그라나?"

엉뚱한 반격이었다.

픽.

"그 돈 내가 메꿔주꾸마."

휙, 일어났다.

"그 돈이 들면 얼마나 든다고……."

박차고 나갔다. 넘어갈 뻔한 빈 의자에 '노여움'이라 똑똑히 새겨져 있었다. 주먹으로 머리통을 콩콩 찧었다. 두 개의 호두알이 딱딱거리는 소리가 났다. 낭패였다. 엄마를 쪼지 않으면서, 내 노래를 부를 수는 없는가. 우리는 다른 둥지에서 다른 부리질로 길들여진, 두 마리 딱따구리 같았다.

엄마가 팽개치고 간 버지니아 슬림 한 가치를 뽑아물었다. 그거야말로, 엄마와 내가 통할 수 있는, 유일한 언어 같기도 했다.

오래 전이라지만, 엄마가 담배에 손을 댄 건 마흔아홉 때였다.

그때.

회오리바람에 휩쓸려간 것처럼, 엄마와 아버지는 모든 걸 잃었다.

삼십 년 된 약방문을 닫고, 불도저 두 대에 전재산을 질렀다 날려버리면서, 엄마는 정상과 비정상, 타락과 정도에 대한 자신의 척도까지 아낌없이, 날려버렸다.

그 전까지만 해도, 여자의 담배란 엄마에겐 타락의 대명사였을 뿐이다. 대학시절, 내 숄더백에서 거북선이란 담뱃갑이 툭 떨어졌을 때, 엄마의 눈빛엔, 오직 '주홍글자'를 찝어본 듯한 경악만이 일렁거렸었다.

"야가. 미쳤나. 시집도 몬 갈라꼬, 누가 알먼 우짤라꼬 이라노!"

하지만 그때부턴.

엄마는 더이상, 손톱에 매니큐어를 덧바르고 열 손가락을 쩍 벌린 채 클립을 감은 머리로 소파에 드러누워, 이주일의 코미디나 코리언 시리즈에 열광할 수 없게 되었다.

아직 외줄 위에 걸린 세 자매 장래를 걱정하며, 엄마의 의식은 싱처에 끼는 곱처럼, 밤낮 누렇고 불결하게 흐물거렸다.

자나깨나 불안, 초조, 노이로제.

추운 겨울에도 팥죽 같은 땀을 흘렸다. 장바구니를 내려놓기 무섭게 가쁜 숨을 몰아쉬며 아이스바 껍데기를 홱, 홱 벗겨냈다. 주로 단팥 소스 따위가 잔뜩 짓이겨진 달고 차가운 것들이었다. 아맛나, 팥빙수를 흉내내어 플라스틱 용기에 앉힌 조잡한 빙과류, 환타나 코카콜라 같은 걸 벌떡벌떡 들이켰다.

그러고도 머플러를 풀어던지곤, "찬물 한 컵 도라", 방에서 안 나와보는 아영에게 바락 소리를 질렀다.

"에미가 왔는데 코끝, 뒤꼭대기도 안 보이고 뭐하노!"

화병이었다.

잃어버린 뭉칫돈이 허공에서 떠다니는 꿈을 좇아, 밤마다 잠을 설쳤다. 이십대부터 장복해온 신경안정제를 달아놓고 먹었다. 약국을 경영했던 아버지가, 수시로 혈압을 재어주며 만류해도 막무가내였다. 엄마는 달고 찬 것에 대한 욕구를 도저히 이기지 못했다. 당뇨의 시작이었다. 혈압도 치솟았다.

하루 종일 누워 천장만 바라보았다.

"아영아, 저 끝에 저기 뭐꼬? 거미줄 아이가? 치우까, 마까. 치우까? 아이구 마, 귀찮다. 놔뚜자, 마. 거미 저것도 살라꼬 저라겠지, 뭐."

잘사는 사람, 잘 풀린 사람을 혐오하고 질투했다. 텔레비전에 나오는 명사들을, 공연히 이죽거리며 모양새 따위를 걸어 흠 잡고 흉을 보았다.

"잘난 놈, 다 죽어 썩어지뻤는가. 저런 인물이 출세를 했다고 테레비를 다 타고. 콧구멍이 와 저래 크노. 수박 한뎅이를 쑤시박아도 되겠다. 지사 좋다꼬 나왔겠지마는, 보는 사람들 생각은 와 안 해주노 말이다. 저놈의 방송국, 확 망해 자빠지삐라."

그런 품평이라면, 아버지도 용호상박이었다.

"전부, 눈 깝데기에 콩꺼풀을 씌워 안 그렇나. 싹 쓸어버릴 놈의 손들. 요새 저 새끼 껍쭉거리는 통에, 마, 테레비 보기가 딱 싫다. 문디 새끼가, 날마다 안 나오는 데가 있어야지? 채널 돌리삐리!"

엄마는 아버지라면 혼비백산했다. 채널을 돌리는 단순한

동작조차 똑 떨어지게 못했다.

"저노무 얼간이 간나. 채널 하나를 똑바로 못 돌리. 저리 비키!"

아버지는 엄마를 홱 밀어젖혔다. 보물 다툼을 하는 사나운 도적처럼 채널 버튼을 손바닥으로 덮어 가렸다.

"와 이라요. 고래고래 소리를 지르고. 누구 귓구멍 막힌 사람이 있나."

"뭐라?"

아버지의 미간이 황희 정승처럼 추켜올라갔다.

"와 무다이 소리를 지르노 말이다. 내가 채널 하나를 똑바로 못 돌릴까봐."

"뭐라 카노?"

불벼락이었다.

엄마는 비로소 비슬비슬 일어나, 안방으로 슬그머니 꼬리를 감추었다.

"저놈의 반푼수, 와 대낮부터 사람 속이 디비!"

한번 뒤집어지면, 최소한 사흘 간의 주사는 필요했다. 아버지는 단군 이래 하나 터질까 말까한, 광폭한 술버릇의 소유자였다. 엄마 표현을 빌리면, 사주에 술독을 깔고 앉은 술꾼이었다.

엄마는 축축한 방에 이끼처럼 파묻혔다. 허깨비처럼 누웠다, 화기를 못 가누어 벌떡벌떡 일어났다. 그때부터였을 것이다. 처음엔 아버지 것을 한 가치, 두 가치. 그러다 담배에 인이 박혀버렸다.

서울에서 대학원을 다녔던 내게 사흘들이 전화를 걸었

다.

"이제, 한푼도, 더는 보내줄 끼 없다. 아라 졸업할 때까지, 니가 츄직을 해서, 그 아아 밥이나 믹이주야 안 되겠나. 니는 장녀 아이가."

장녀, 장녀! 귀에 공이가 박힐, 그놈의 장녀.

결국 나는 논문도 못 쓰고, 시원찮은 출판사 구석자릴 꿰어차고 날마다 원고지만 들여다보게 되었다.

엄마는 단것과 담배에 곤죽이 되었다. 몸도 타고 마음도 타들어갔다. 어찌나 탕진했던지, 그로부터 삼 년쯤인가, 입술이 돌아가면서 몸의 절반이 거짓말처럼 굳어버렸다. 쉰셋 어느 날 아침, 창졸지간이었다.

가벼운 뇌졸중이라 했다. 입원실에서 열흘을 넘겼지만, 혈압도 혈당도 조절되지 않았다.

마비되어, 정량의 식사만 허용된 엄마의 얼굴은 차라리 옛날로 돌아간 듯 맑은 태가 흘렀다. 하루 종일 침대에서 입이 궁금할 텐데도, 아맛나 따위를 찾지도 않았다.

직장에 휴가를 내고 다섯 시간 동안 펑펑 울며 내려갔다. 아버지는 입술이 비틀어지면서 손발이 뻣뻣해지던 마비의 과정을 내 앞에서 생생히 재현해 보였다. 공옥진 병신춤처럼, 팔을 비틀고 한쪽 어깨를 기울이며.

"딱, 보니까 입이 비틀어지는 기라. 아차, 왔구나, 싶었어."

그러단 풀이 죽어, 땅이 꺼져라 한숨을 토했다.

거대 병동 물리치료실은, 겨울방학의 빈 교실처럼 차갑고 축축했다. 의자와 사각 테이블의 냉하면서도, 젖어 있는 듯한 촉감 때문이었을 것이다.

움직이지 않는 시계의 지배를 받는 시간 속. 거기서 삶의 순환을 마쳐도, 아무 미련이 없을 것 같았다. 의지나 희망 따윈 그냥 글자일 뿐. 다시 직장에 돌아가고 싶지도 않았다. 오직 돈을 벌기 위해, 쌀벌레처럼 꼼지락거려야 하는 쳇바퀴 타기.

소리없이 제자리 달리기 자전거를 돌리는 머리 허연 노인들을 등지고, 엄마는 매일 조그만 플라스틱 컵들을 하나씩 겹쳐 쌓았다가 다시 하나씩 바닥으로 내려놓았다. 극단적인 처방으로 인슐린을 주사하면서 혈당이 조금씩 떨어졌다.

오전 열시쯤, 엄마는 침대에서 일으켜져 휠체어를 탔다. 그러나 엘리베이터의 하강을 느끼는 순간부터, 얼굴은 마귀할멈처럼 일그러졌다. 소꿉을 패대기치는 코흘리개처럼, 하나의 테이블을 상대로 온갖 심술을 부렸다. 컵 몇 개를 겹치다 말고 툭 쳐서 쓰러뜨리는가 하면, 아예 컵들을 모조리 쓰러뜨려놓고 비뚤어진 입술을 앙다물었다.

"병신같이 이기 뭐꼬. 아무껏도 하기 싫다."

정서를 조절하는 관제탑이 무너진 것이었다.

하지만 나는 의사도, 수녀도, 효녀 심청이도 아니었다. 내 마음은 연민과 비관이 혼합된 폭발 직전의 시험관 내부 같았다.

하지만 엄마는 스무 날 만에 침상의 하얀 시트를 밟으며 굳었던 왼쪽 다리를 들어올렸다. 아버지의 날랜 조처 덕분에 의사들 예상보다 회복도 빨랐다.

"좋소?"

하얀 침상 위에서, 내복 바람으로 한쪽 다리를 들어 보이며, 맨 처음 아버지 표정부터 살폈다.

"좋다."

쇠뚝 같은 아버지의 얼굴도 슬쩍 벙그러졌다.

아버지는 좀체 웃지 않았다.

본인이 웃지 않음은 물론, 남을 웃길 줄도 몰랐고 누가 웃으면 되레 기분을 잡치는, 좀 독특한 정서관제탑의 소유자였다. 영어에서 프레스라는 단어를 알게 되면서, 나는 아버지를 볼 때마다 하나의 우람한 프레스를 연상했다. 엄마를 그렇게 납짝하게 짜부러뜨린 건, 그 프레스였다.

그러나 병상 곁의 아버지는 씻은 듯 딴사람이었다. 다시 뱃속에 넣었다 꺼내놓은 것처럼.

엄마 침대 대각선 방향의 간염 할머니는 해바라기처럼 심성이 밝았다. 툭 하면 우울해지고 심장이 내려앉는 우리 가족과는 극과 극이었다. 주말쯤, 자식들이 모두 모이면, 할머니 침상 주변은 화기애애하게 달아올랐다.

아버지는 그 대각선 침상을 체질적으로 거슬려했다. 어떻게든 그 쾌활한 파장에서 격리돼보려고 종일 신경을 곤두세웠다. 음지림처럼 눅눅한 성품이었다.

첫날, 내가 엉엉 울며 병실에 뛰어들었을 때도, 다짜고짜 구석으로 끌고 가 어울리지 않게 귀엣말까지 속닥거렸다.

"저쪽으로는 얼씬 마라. 저기, 저 쌔카만 할망구가 보이지? 저 할망구가 간염이란다. 의사들이고 뭐고 생무식쟁이들 천지다. 전염성 환자는 격리를 해야지, 돈 처먹을 궁리만 하고, 어째 간염쟁이를 합실에 끼워넣나."

하지만 할머니는, 어떻게든 우리 가족과 통해보려고 온갖 주파수를 동원했다. 한 번은 아버지 앞으로 예쁘게 깎은 생밤 다섯 알을 건네왔다.

"잡소, 많이 잡소. 햇밤이라서 맛있다. 세상에 저런 열부가 어딨일꼬. 인물도 훤하제. 젊은댁은 마, 복도 많소. 우째 저런 남편을 얻었노. 후딱 차고 일어나소. 시상, 곱기도, 곱기도, 안즉 새색시 같다."

할머니는 툭 하면 아버지, 엄마 인물을 추켜세웠다.

"저 집안은 열부하고 효녀 아이면 상대를 안 한다", 너스레 떨며.

그러나 생밤 다섯 알은 한나절이 지나도록, 크리넥스 티슈에 두 겹 싸여, 엄마 침대 오른쪽 창틀에서 먼지만 쐬고 있었다. 오후 늦게쯤, 출출하고 궁금해진 나는 무심코 창틀 위의 생밤으로 손을 뻗었다. 막 쥐어잡았을 때였다. 누가, 호두알맹이로 치듯 톡톡 등을 건드렸다.

아버지였다. 부르르 턱이 떨렸다. 어금니를 꽉 깨문 표정이었다.

에비! 아서라…….

내처, 쓱싹, 손바닥으로 목을 치는 시늉까지 덧붙였다.

겸연쩍어하는 나를 향해 낮은 목소리로 단호히 뇌까렸다.

"후딱 가서 손 씻고 오라."

세면실에 다녀왔을 땐, 이미 창틀 위에 물건은 싹 자취를 감춘 뒤였다.

그날 저녁 아버지는, 천연덕스럽게 침상에 걸터앉았다. 무릎에 식판을 얹고 엄마 입까지 밥과 반찬을 손수 떠날랐다. 새새끼처럼 옴쭉옴쭉 받아 먹던 엄마 입술의 아기 같은 율동. 심미적 거리만 취할 수 있었다면 영락없는 코미디였다.

주사를 꽂을 땐 행여 실수라도 있지 않나 도끼눈을 부릅뜨고, 전과정을 세세히 지켜보곤 등급을 매겼다. 김 간호사나 박 간호사는 순엉터리고, 꼭 호박순이같긴 하지만 주 간호사가 제일 제대로 하고 성격도 싹싹하다는 것이었다.

"내가 없을 때 혹시 무슨 일이 있걸랑, 간호사실 가면 주 간호사라고 있다. 딱, 그 사람을 찾아야 된대이."

엄마도 그에 못지않았다. 혈관이 빈약해서 주사 때마다 곤욕을 치렀던 엄마는, 말이 되기 시작하면서 차츰 본때를 보였다.

"야야, 아프다, 아파. 주사를 놓는 기가, 생사람을 잡는 기가? 아파 죽겠다. 주사 하나를 제대로 몬 놓나. 간호사 모자 그거 뭐하러 쓰고 있노? 내가 써도 되겠다, 마. 내 주사는 원체 놓기 어려운 주사이니께, 가서 니 말고, 전문가가 좀 와서 놓으라 캐라."

박 간호사가 뾰중거리며 문을 박찼다. 항상 대각선 방향에서 가늘게 웃고 있는 간염할머니며, 사흘밤을 새고 누런 황태처럼 얼굴이 떠버린 나란한 병상의 효자 아저씨 보기도 여간 민망하지 않았다.

엄마는 서태후처럼 세도를 부렸고, 아버지는 돌아온 탕아처럼 촌극을 연출했다.

모든 게 망가졌을 때 천사를 회복하는, 인간의 어리석음.

하지만, 짐을 챙겨 집으로 돌아오자, 깡그리 도돌이표였다.

퇴원 이주 만에 아버지는 "딱 한 잔만"으로 운을 뗀 말술을 퍼마시기 시작했다. 엄마는 종일 몸살을 틀다 기어코, 압수당한 담뱃갑을 삼층장 둘째 서랍에서 찾아내고 말았다.

휴가는 꼬박 삼주일을 넘어섰다.

그러나 다시 온 집안에 진동하는 담배 냄새를 맡으면서, 엄마, 아버지로 시작되는 모든 문장에 발진이 돋아났다. 두 달치 월급과, 상사와 동료들이 추렴한 적잖은 부조금까지 탈탈 털어내니, 더이상 배를 가를 것도 없었다. 이십팔 년 만에 자식 덕을 본 엄마의 감격도 그리 오래 가지 않았다.

"아정아, 니 알로에라꼬 아나? 알로에가 내 같은 병자한데 그리 좋다는데."

"니, 밀양에 간첩 침쟁이 아나? 엄마 계원한테 엊저녁에 들었는데, 느그 아버지한테 말 쫌 해주라. 내가 그 쫌 데빌다 달라꼬 밤새 노래를 불렀는데, 귓구멍을 씨멘트로 떼웠는지 들은 척도 안 한다. 송장도 벌떡 일어나게 용하단다. 쫌 데리다주면 발목때기가 분질러지는강? 속에 뭐시 들앉았는지 모르겠다. 딱, 무장공비 안 같나? 뭐 할라꼬 이남에는 내려왔는공? 마, 이북에서 김일성이 하고 같이 살지."

으프프…… 문 열어라…….

아버지는 다시 밤마다 고래고래 소리치며 문을 걷어찼다.

왔다, 문 열어라.

“아이구, 저놈의 귀신을 우짜꼬. 퇴원 그거를 괜히 했제…….”

떠날 날짜가 다가오자, 아영의 얼굴에 빛이 꺼져갔다. 집에 남아야 할 유일한 딸이었다. 일주일 만에 훌쩍 가버린 아라의 무정함을 꼬집기도 했다.

“아라 언니는 세상 속 편하겠제? 우찌 그리 지 생각만 딱 하노, 그자?”

그래도 나는 아정이 아니고 아영인 걸 다행으로 알라고 말해주고 싶었다. 이름부터, 아정이는 싫었다. 어릴 땐, 나도 아라나 아영이 같은 게 되고 싶다고 징징거렸었다.

“야가, 무신 소리를 하노. 아정이가 얼마나 고상한데. 얼라같이 흔해빠진 이름이 뭐시 좋다꼬.”

그래도 아라나 아영이었다면.

신신당부하며 엄마를 떠났다.

“아침 저녁 산보 좀 해. 담배 많이 피우지 말고.”

엄마는 콧김만 훅 내뿜었다.

몸은 제자리를 잡아갔지만, 정신은 아직 돌아가 있는 게 분명했다. 그, 너무나 뚜렷한 징후로서, 엄마는 웃음과 울음을 조절하지 못했다. 좋아 웃는다고 웃는데 눈물이 줄줄 볼을 탔고, 용광로처럼 화를 내다 말고, 픗, 픗, 바람 새는 소리를 짤기며 마구 웃었다.

꿈꾸는 사람처럼 이상한 짓도 했다.

먼지 쌓인 장롱 위를 맨손으로 더듬거렸다.

“이상타, 그 실크양말이 어디 갔일꼬…….”

새까맣게 때 탄 손으로 흩어진 가르마를 북북 긁었다.

어릴 때부터 엄마는 어른들도 못 신어볼 실크양말을 인절미나 일등보다 좋아한, 유별난 소녀였다.

음식보다 알뜰하게 섭취해온 상용약은, 더욱 독하고 강력해졌다. 병을 쫓자는 명목이었지만, 매우 역설적이다. 누구라도 엄마 곁에 사흘만 있어보면, 약이 아니라 독이었다.

우선 혈압조절제.

종합병원에서 열흘치씩 꾸러미로 받아오는 서류봉투 크기의 하얀 약봉투 속에선, 절단용 구멍이 촘촘하게 홈질된 일회분 작은 약봉들이 줄줄이사탕처럼 딸려 나왔다. 그놈을 하나씩 찢어 접지 부분을 갈라놓으면, 오색 당의정과 하얀 정제들이 흐린 메줏빛 가루분에 뒤섞여 소담한 언덕을 이루었다.

매일 아침 다른 부위에 찔러 꽂는 인슐린 주사는, 별도의 주사약병 케이스와 일회용 주사기 상자, 그리고 푸르게 얼린 빙과처럼 차갑고 단단한 플라스틱 얼음통까지가 일습이었다.

툭 하면 맥을 놓아 한 번에 삼만원어치씩 우황청심환을 달아 먹었고, 오래 전부터 밤낮이 뒤집혀 매일 밤 신경안정제와 수면제를 불면 정도에 가감하여 냉수와 함께 들이켰다. 변비약도 빼놓을 수 없었다. 그거야말로 습관성이어서, 시간이 갈수록 팥알만한 노란 정제의 수가 둘에서 셋, 넷으로 늘어났다. 나중엔 여덟이 아니면 아랫배가 꼬르랑거리지도 않았다. 하복부를 팽만시킨 가스 때문에 연일 만상을 찌푸리다가, 한번 약효가 동하면 변기통 개숫구멍이 푸르르 헛방귀만 짤길 뿐, 쏟아낼 물이 없을 지경이었다.

하루 다섯 병도 들이키는 일종의 마취제인 드링크제도, 열 개 스무 개씩 항상 있어야 했다. '판'자로 시작되며, 한 모금 꺼리도 안 되는 그 수상한 액체는, 이십 년째 엄마와 밀월을 즐겨왔다. 쓰레기통에 무더기로 처박힌 갈색 빈 병들이 왠지 정겹게 느껴질 정도였다.

그 짓을 팔 년이나 계속해왔다.

온갖 약들에 찌들어, 엄마의 피부는 낡아빠진 스폰지처럼 푸석푸석 삭아버렸다. 칼 끝에 벤 눈곱만한 상처도 적어도 전치 이주였다. 작은 상처도 쉽게 아물지 않는 건, 당뇨 때문이라 했다.

늘 몸의 어느 구석인가 네오파스 냄새가 진동했다.

살색 대일밴드를 갈아 붙이며, "이게 천상 좋다. 누가 만들었을꼬. 그 사람 찾아서 노벨상 주라 캐라", 희떱게 헤죽거렸다. 손발톱은 투박한 아교처럼 부피가 팽창했다. 손톱깎기에 짚이지도 않았다. 보름에 한 번쯤, 육교 하나 건너 내과병원까지 택시를 타고 가서, 돈을 치르고, 그 딱딱한 각질을 조금씩 깎아냈다.

약을 먹기 위한 인생이었다.

엄마의 감촉은 삭아 진물만 나는 오래된 미나리단처럼 검고 척척한 이파리들 같았다.

그렇게 장미 같던 엄마였는데…….

7. 스칼렛의 남편

그, 누래진 흑백사진들은, 아무리 들여다보아도 싫증이 나지 않는다.

내가 모르는, 어떤 시간 속의 엄마는 고전영화 속의 아름다운 주인공처럼 청초하고 신비롭다.

외할머니의 모습이 함께 담긴, 몇 장의 빛바랜 사진들은 엄마를 향한 나의 추억을 더욱 아름답게 윤색해준다. 그 중의 한 어린 나는, 수놓이 구슬판이 에둘린 장난감 시계를 들고, 어깨 밑까지 머리를 치늘어뜨린 채 얼굴을 찌푸리고 있다.

덕수궁.

사진 속의 그 아이는, 내겐 언제나 별로 매력적이지 않았다.

그런 내 곁엔, 언제 보아도 옆의 아이보단 훨씬 매력적인, 한 치쯤 키가 높은 원피스 소녀가 예쁘게 볼우물을 파고 있다. 뒷줄엔 엘리자베스 테일러 같은 엄마와 단아한 외할머니.

눈을 내리깐 외할머니의 얼굴은 어딘지 슬퍼 보인다. 할머니는 마치, 한쪽 발이 잘린 테이블처럼 기우뚱거리는 것 같다.

엄마, 야는 누꼬?

이름은 뭔데?

으응, 미정이든가, 유미든가…….

어떻게 미정이와 유미를 헷갈린단 말인가.

나는 미정이를 버리고 어딘지 세련된 느낌의 유미만을 착실히 기억해나갔다.

그 중엔 엄마와 아버지에게도 달콤한 약혼 기간이 있었음을 증명해주는, 스냅 사진 한 장도 끼어 있었다. 그때 이후, 두 사람 사이에 다시 그런 포즈가 취해진 적은 없었다. 괴롭고 울적할 때마다, 나는 그 사진 속으로 걸어 들어가는 꿈을 꾸었다.

어린 시절의 나는, 매일같이 위대해지는 꿈에 사로잡혀 있었다. 수많은 위인전과 명작소설들이, 어느 순간 날카로운 채찍으로 변해 쉬임없이 잔등을 후려쳤다.

한편으론 '길은 멀어도 마음만은'의 마리솔처럼, 사랑스런 소녀이고 싶었다. 피터 팬을 진심으로 믿었던 시절이었다. 아라, 아영이를 책상 위로 끌어올려 훨훨 날아보라 등을 떠밀곤, 아슴푸레 행복의 파랑새를 움켜쥐려 했다.

하지만 그건 마치 곰팡이가 뜬 시커먼 간장을 찍어 먹으면서 달콤한 케이크라고 소리치는 것과 같았다.

고함소리, 울음소리로 헝클어진 아수라장 속에서, 어린 나의 밤은 대부분 시작되었다.

엄마는 분첩과 크림통, 눈썹솔과 방비처럼 길이 잘 든 브러쉬, 코를 찌르는 화장수의 세계로 너무 깊이 걸어 들어갔다. 솔잎처럼 검게 끝을 올린 눈썹은, 깊게 쌍꺼풀진 눈매 때문에, 깊은 밤이면 섬뜩하고 무서워 보였다. 거의 같은 시기에, 엄마와 나는 아름다움에 대한 병적인 환상에 빠져 있었다. 하지만 불행히도 같은 아름다움이 아니었다.

그러나 아버지의 세계엔 그런 빗나간 아름다움조차 없었다. 주름살 한 점 없이 잘 다림질된 고정관념 속에서 스스로 종신형을 선고했다. 아무런 변화 없는, 딱딱함만이 지배하는 세계였다. 그런 성격에는 어딘가, 중세기 성채 속의 비밀 통로 같은, 척척하고 괴괴한 웅덩이가 있었다. 그는 침울한 왕이었다. 모든 권한을 틀어쥐었지만, 공정하지 않았고 때로는 몰인정했다.

퀼트 보자기처럼 예쁜 밥상을 받고도, 침울한 왕은 한 번도 기쁜 표정을 짓지 않았다. 막 앵벌에 쏘여 잠에서 깨어난 난폭한 고릴라처럼, 모든 감정을, 무섭게 제 가슴을 탕탕 치는 우왁스런 방식으로만 표현했다.

훗날, 남편이 찍어 온 뉴질랜드 기행 비디오를 보면서, 나는 생각했다.

아버지가 마오리였다면 족장이 되었을지도 몰라.

남편은 뻣뻣이 긴장한 채, 성난 마오리가 땅바닥에 던진 나무칼에 정중히 입을 맞추고 납짝 엎드려 절을 바치기까지 했다. 나중에 남편은, 그 마오리가 결코 성이 나서 그런 소리를 내고 그런 몸짓을 했던 것은 아니라고, 극구 변명했다. 그리고 자신도, 결코 기가 죽거나 겁을 냈던 건 아니었다고. 나를 그렇게 우습게 보는 거야?…… 나는 그렇게 말하는 남편도 귀여웠고, 성난 것도 아닌데 그렇게 성나 보였던 그 마오리도 귀여웠다.

으음……, 하지만, 그 마오리를 닮은 아버지만은 한순간도 귀엽지 않았다.

아버지는 시식을 하듯 조금씩, 뜨겁게 끓인 국과 김치 따위의 소금 농도를 가늠한 다음에야 정식으로 수저를 들었다. 술꾼이라 맑게 끓인 대구탕을 무척 좋아했지만, 조금만 간이 짜도 밥상을 엎을 듯이 역정을 냈다. 아버지는 음식물의 소금기가 혈압을 높이는 유일한 적이라고 굳게 믿었다.

"집구석에서 안심하고 밥 한술 먹을 수 없다."

그런 트집들은, 밥상머리에서 대폿집으로 직행하기 위한 가장 흔해빠진 꼬투리였다. 엄마의 화살촉 같은 시선을 도끼눈으로 뭉개버리기 위한 핑계. 씨근덕거리며 구두를 꿰어 신고, 황황히 문을 차고 튀쳐나갔다.

퀼트 보처럼 예술적인 밥상이 그날만은 아이들에게 하사되었다. 하지만, 밥상머리에 체포조가 대기한 것처럼 속이 울렁거렸다. 잔뜩 주눅들어, 신경줄이 밖으로 튀어나온 것 같은 엄마 눈치만 힐끔거렸다. 푸짐하고 하얀 생선살, 된장물에 무를 썰어 넣고 지진 탐욕스런 메기알 따윌, 장마 때

수채에 걸린 찢어진 배추 잎사귀인 양, 밥맛없이 노려볼 뿐이었다.

아버지는.

삼십 년 간, 자갈치라는 어시장 사람들을 상대로 날마다 약을 팔았다. 일 년 열두 달, 명절에도 꼬박꼬박 점포문을 열었다. 쉬고 노는 자체가 고통인 사람이었다.

북쪽의 아버지는 생물선생님이었다. 일학년 땐, 빨간 등딱지의 게 두 마리를 해부학적으로 정교하게 그려주었다. 그 숙제 공책을 나는 육 년 동안 고이 간직했다.

하지만 남쪽의 아버지는, 스무 살부터 쉰하나까지, 평생 유리문 안쪽으로 누군가 들어서기만을 기다린 면허 없는 약쟁이였다. 팔짱을 끼고 비스듬히 선 채, 잔뜩 못마땅한 듯 바깥을 비꼬면서.

대부분, "박카스 한 병 주이소", 따위, 내수롭잖은 용무였다.

"만신이 다 쑤시고 눈구녁이 빠질 것 같소."

"뇌신 있소?"

"감기약 한 첩 지을라꼬. 한 첩 갖고 안 된다꼬? 그라몬 몇 첩 묵어야 되노? 그라지 말고, 딱 한 첩만 묵어도 쑥 떨어지는 그런 약으로 지어주소."

오래된 통조림 뚜껑처럼 부석부석한 얼굴들이, 새까맣게 때 낀 손에 나달거리는 지폐를 얹고 합창대처럼 아버지만 불러댔다. 약사언니라고 불렸던 젊은 관리약사가 나인 투 세븐으로 진열대를 지키긴 했다. 하지만 사람들은 한사코 면허증도 없는 아버지만 찾았다.

바쁠 땐 서넛이 한뭇에 몰려들어 우글거렸다. 학교 갔다 돌아와 그런 무리와 마주치는 게 딱 질색이었다. 나는 쏜살같이 책가방을 뒤로 빼고 안방으로 달렸다. 공연히 아는 체하며 엉덩이를 쳐대는 불콰한 낯색의 아저씨들이 제일 싫었다.

"자는 와 저라노?"

군시렁거리는 소리가 꽁무니를 찔러왔지만, 조용하고 흰 장미 피는 마당 딸린 주택가 친구들이 부러울 따름이었다.

더러는 부은 얼굴에 밀가루를 뒤집어쓴 것 같은 술집 아가씨들이 우르르 몰려왔다.

"히힛, 이거 얼마요?"

인조 속눈썹 케이스를 뽑아들곤 히뜩거렸다.

"백원."

아버지는 벌레 씹는 얼굴로 딱 한마디만 내뱉었다. 휭 달아나는 불쌍한 아가씨들을 향해, 침을 뱉듯 내깔겼다.

"저것들은 인간도 아이다."

우리 집 오른쪽으로 다섯 가게 건너, 수채를 낀 양쪽 골목길은 사창가로 누벼져 있었다. 칼부림이 나면 새빨간 핏물이 수채 위의 오물에 뒤엉켜 치욕스럽게 흘러갔다. 무섭고 수치스러웠다. 하지만 제일 가까운 과자방이 골목 오른쪽 한가운데였다. 주름치마를 펄렁이며 골목에 뛰어들 때마다 두 눈을 질끈 감았다.

아라는 빈 공책에 소공녀가 사는 왕궁 같은 저택을 그려넣으며 살았다.

공책 뚜껑을 열면 첫 페이지엔 '아라의 집'이라는 제목이 씌어 있었다. 둘째 페이지엔 김아라라고 쓴 문패가 달린 저택의 대문, 대문 부분은 앞뒤로 열어볼 수 있게 칼로 곱게 오려져 있다. 그 대문을 따고 안으로 들어선 셋째 페이지는 바둑무늬 돌덩이가 징검다리처럼 깔린 현관으로 가는 앞마당. 길 양편으론 나무와 장미꽃들이 무성히 널부러졌고, 노랑나비, 매미, 고추잠자리가 한데 아우러진, 계절의 일관성을 무시한 온갖 곤충들이 어지러이 날아다닌다.

드디어 욕실과, 투명 커튼이 드리워진 침실과 호화로운 드레스룸으로 페이지가 넘어가면, 나는 거의 질투의 화신이 됐다. 모든 페이지 왼쪽 귀퉁이에, 한껏 멋을 부린 글씨체로, 아라의 목욕탕, 아라의 침실, 아라의 옷방, 아라의 서재라고 씌어 있었다.

아라 몰래, 아라의 모든 '라'자를 지우개로 지우고 '정'자로 고쳐버린 날 밤, 아라는 수수깡처럼 야윈 팔다리를 뻗고, 전설의 고향 분위기로 머리를 앞으로 풀어헤쳤다. 그리곤 장장 세 시간여, 손바닥으로 허벅지에서 발목까지를 쓸어내리는 동작을 반복하며, 엉엉엉엉, 통곡을 했다.

때로는 행려병자 같은 초라한 거지가 유리문을 밀고 들어왔다. 그런 일은 부지기수였다. 하지만 그때마다 아버지는 매순간 새롭게, 조제실 안쪽으로 비호처럼 몸을 날렸다.

칸막이 유리 너머로, 험악하게 인상을 썼다. 썩 꺼지라는 듯 손바닥을 홰홰 내저으며. 몸은 부끄럼 타는 아줌마 곰처럼 웅송거리지만, 인상만은 산중호걸 불곰이었다.

그러고 나면 소독약 전쟁이었다. 아버지는 집도하는 외과의처럼 심각한 얼굴로 고무장갑을 꼈다. 알콜 묻힌 솜을

핀셋으로 집은 다음, 문틀과 손이 자주 가는 요소요소를 니스칠이 벗겨지도록 싹싹 훑어냈다. 어금니를 앙다문 그 표정은, 영락없이 전기고문을 견디는 그것이었다.

나, 아라, 아영이 차례로 호출되었다. 우리들은 크레졸 용액과 깨끗한 맹물이 담긴, 두 개의 세숫대야 틀이 연결된 받침 앞에 일렬로 섰다. 차례로 손을 씻은 뒤엔, 푹푹 삶아 땡볕에 말린 수건으로 샅샅이 물기를 닦아냈다. 싸아하게 코를 찌르는 크레졸 냄새가 밤까지 손바닥에 배여 있었다. 우리는 서로 냄새를 맡아보며, 누구것이 세다, 약하다 도토리 키재기를 했다.

하지만 저녁만 되면, 그 병적인 위생벽과 결벽증도 어이없이 허물어졌다. 아버지는 해거름만 되면, 몽유병 환자처럼 선창가 대폿집으로 휘이훠이 걸어나갔다. 그리곤 몇 주전자씩, 냄새만 맡아도 취할 것 같은 '대포'라고 불렀던 술을 곤드레만드레, '억쑤로' 들이켰다.

아침이면, 베개 밑의 목뼈도 똑바로 추스르지 못할 지경이었다.

깨어 있는 아버지에게 인사를 하고 집을 나서 본 적이 없다. 항상, 곤죽이 되어 코를 고는 아버지를 깨울세라, 소리 죽여 교복을 입고, 가방을 챙기고, 새새끼처럼 한 순갈만큼만 오물거리며 먹고…….

아버지는 보통 열시쯤, 뜨거운 스팀 타월로 얼굴을 문지르며 점포 진열대에 모습을 드러냈다. 겨울이면, 올 굵은 갈색 털실 스웨터를 걸치고, 손마디를 와르륵 꺾으면서 오만상을 찌푸렸다. 그 찌푸린 표정이, 오늘도 변함없는 아버지의 하루가 시작되었다는 신호였다. 이따금 현미경적 집중력으로, 부어오른 손바닥이나 그 내부의 파란 실핏줄, 손목 윗부분의 정맥류 따위를 왜 이렇게 생겨먹었는지 불만스럽다는 투의 시선으로 어금니를 꽉 깨물곤 뚫어보기도 했다.

방학 때마다 보게 되는, 손마디를 와르륵 꺾는 동작은 무척 인상적이었다. 마치 그 의식을 통하여, 전날 광란의 폭음을 완전히 기억에서 끊어내고자 하는 의지의 표현처럼 보였다. 나막신처럼 두툼한 손아귀였다. 뼈 마디마디가 강인했기 때문에 열 손가락을 동시다발적으로 꺾는 소리는 작은 우뢰처럼 점포를 긴장시켰다.

커다란 외양에 어울리지 않게, 섬세함도 넘쳐흘렀다.

조제약을 지을 땐, 천칭의 바늘끝만한 불균형도 용납 못했다. 길쭉한 철제 스푼으로 가루약을 덜어내고 더하며, 몇 번이고 다시 분량을 맞추고, 실눈을 뜬 채 저울질했다. 십 원짜리 반창고 하나까지 성의껏 팔았다. 뚝심도 없는 사람이, 용하다고 소문난 불법 주사로 실팍하게 수입을 늘려갔다. 겨울이면 연탄 두 장이 들어가는 난롯불에, 철제 소독용기에 담긴 주사기들이 딸그락거리며 보글보글 끓었다. 아등바등 열심이었다. 그럴 때만은 세상에서 가장 믿음직스럽고 강인했다. 묵묵히 일하는 뒷모습을 지켜볼 때만은, 나도 어쩔 수 없이 엘렉트라 콤플렉스를 씹어야 했다.

하지만 해거름만 되면 사정이 달라졌다. 아버지는 마치 약기운이 떨어진 것처럼, 어둑한 땅거미가 칠흑으로 짙어지기 전, 기어코 선창가 대폿집에 몸을 갖다놓지 않곤 못 배겼다.

항상 쓴 가루약을 삼키듯 찡그린 얼굴로 단숨에 첫잔을 털어넣었다. 그리곤 카아, 하는 신음소리. 어디서건 그 소리가 들리면 나는 전율했다. 그게 두 잔이 되고 석 잔이 되면, 아예 술독에 빠진 것처럼, 거푸, 연거푸 주전자를 기울였다.

오직 술에 취해서야 붉게 달은 얼굴에 웃음기가 떠올랐다. 굳었던 혀는 팬에 지진 인절미처럼 말랑말랑하게 녹아, 세상 온갖 것들을 냉소적인 달변으로 난도질했다. 마치 그 순간을 기다려, 온종일, 온갖 탁견의 예리함을 진열대 뒤에서 벼리고 갈아온 사람처럼.

"순 독재라, 독재! 민주주의라 카는 거는 근본이 다수결인데, 김일성이하고 뭐시 다르노!"

자신도 독재자였거늘, 박정희의 독재라면 한사코 거품을 물었다.

오직 그때만, 알콜솜 위의 차가운 주삿바늘 같던 아버지는 말도 하고 웃을 줄도 아는 사람이었다. 주전자가 갈릴 때마다, 대폿집 낮은 천장이 떠나가도록 '먼 싼타루치아'를 고래고래 불러젖혔다.

백열전구 위로 뽀얗게 피어오르던 담배 연기와 날생선을 토막치는 비릿한 도마 냄새. 축 늘어진 아저씨들의 신트림 사이로 걸지게 쟁쟁거리던 주모의 웃음소리. 집집이 무슨 횟집이라고 간판을 내건 선창가 대폿집 풍경이란 으레 그랬다.

아홉시 반을 고비로, 이윽고 나의 수난도 시작되었다.

이미 신경안정제를 복용하고 하얗게 질리기 시작한 엄마

의 비명에 쫓겨, 나는 그, 먼 발치에서조차 접근하기 싫은 대폿집으로 아버지를 부르러 가야 했다. 돌덩이 같던 아버지였다. 하지만 문전에서 쭈삣거리는 나의 터질 것 같은 눈빛과 마주쳤을 때만은, 온 얼굴에 훈훈한 화기를 머금었다. "내 딸네미 왔다", 소리치며 마주앉은 취객과 술잔을 쳤다. 나는 그 아버지의 얼굴에서, 술 취해도 흐트러지지 않는 인간의 품위를 읽어내려고 까치발을 돋우었다. 지푸라기라도 잡고픈 심정이었다. 위대한 딸의 아버지여야 했기 때문이다.

하지만 언제나, 늦은 밤.

점포문을 닫아가면서 엄마와 아버지의 난잡한 싸움은 시작되었다.

양철판으로 거죽을 씌운 여덟 개의 나무 문짝은, 엄마의 작은 어깨 위에서 몇 번이고 패대기실낭할 뻔했다. 엄마는 안채 콧구멍만한 마당, 푸세식 화장실 벽에 첩첩이 고아둔 쇳덩이 같은 문짝 하나씩을 어깨에 졌다. 흰 면장갑을 낀 손으로 끼엉차, 점포 문틀에 끼울 때마다, 장의자 위에 나동그라진 아버지의 무거운 몸집을 무섭게 저주했다.

편리한 셔터로 바꾸자고 노래를 불렀지만 듣지 않았다. 혈혈단신 월남을 했던 아버지는, 야구 글러브처럼 두툼한 '맨주먹 두쪽'밖에 믿을 게 없다던 독불장군이었다.

엄마의 포탈과 앙칼진 넋두리가 우리들의 선잠을 찢어발긴다. 드디어 아버지는 벌떡 일어난다. 온 집안을 쑥대밭으로 만들기 위해서였다.

깨지지 않는 양은대야부터 쨍쨍 걷어찼다. 아버지는 뼛

속까지 노랭이였다. 하지만, 급기야 절구공이 같은 주먹질에 창호지가 부욱 찢겨나갔다. 손바닥만한 시멘트 마당에 요강을 패대기치고, 화장실 문을 발로 뻥뻥 걷어찼다. 플라스틱 바가지도 날아가고, 칫솔통도 날아가고, 자칫하면 식칼도 날아갔다. 머리채를 채여 맨바닥에 동댕이쳐진 엄마의 등짝 위로, 쇠뭉치 같은 주먹이 떨어질 때도 있었다.

딱 그 시점에 맞추어, 이불 밑에 웅크렸던 세 자매는 와아앙, 울음을 터뜨렸다.

"이놈의 간나들이 와 우나? 재수없구로. 집구석에 쓸 만한 종내기라곤 하나도 없다, 알겠나? 가스나가 열이면 뭐할기라? 가스나라 카먼, 왕비라도 싫다. 나는 싫은 기라! 와? 내 말이 틀렸나?"

아버지는 드럽다 문을 열고, 울부짖는 우리들을 향해 도끼눈을 부라리며 베개를 집어던졌다.

"아아들한테는 또 와 그라노! 가스나가 와? 공부만 잘한다. 내사마, 남의 집 열 아들 안 부럽더라. 내 앞에서, 그놈의 가스나 소리 한 번만 더 해봐라. 이놈의 연탄집게로 눈두덩이를 콱 쑤시뻘 끼다."

아, 그때의 내 엄마는 맹독을 뿜는 거미처럼 가열찬, 우리들의 메디아였다.

오늘은 행여, 행여 하며 형광등 밑에 엎드려 책만 읽던 나의 섬세한 꿈은 매일 밤 산산조각이 났다.

나는 병적으로 민감했다.

더구나 원대한 이상에 시달리고 있었다. 그 무렵엔 더더욱, 잔 다르크나 헬렌 켈러, 알렉산더 대왕이나 링컨 같은,

위인들의 전기에 폭 빠져 있었다. 그렇게 위대하지 않은 건 인생도 아니었다. 그런 내게, 존엄함이라곤 없는 양친의 모습이란 뼛속까지 모멸감밖에 씹을 게 없었다.

나는 말갈기를 휘날리며 드높이 창을 들고 적군을 섬멸하는 잔 다르크였다. 성처녀처럼 순결한 영혼이기도 했고, 밤새 실험실에서 현미경을 들여다보다 원자병에 걸려버린 마리 퀴리일 적도 있었다. 그 마리 퀴리가 되기 위해, 책을 읽을 때마다 내 의자 뒤에 누군가 스툴 몇 개를 쌓아놓고 몰래 엿보아주길 간절히 희망하곤 했다. 걸핏하면 싫다는 아라에게 먼지떨이를 쥐어주고 나는 유관순이 되어 고문당하며 "대한민국 만세!"를 부르짖었다. 귀머거리가 된 베토벤처럼 귀를 막고 피아노를 때려대었다. 내 아버지도 당연히 징기스칸처럼 위대한 왕이거나 슈바이처처럼 존경받는 박사여야 했다.

그러나 아버지는, 달라지지 않았다. 이차, 삼차로 옮겨 다니는 날도 부지기수였다. 차츰, 방향과 밤과 낮, 내가 누구인지조차 구분 못 했다. 집 뒤 선창가를 빠져나가 변두리 바닷가나 낯선 산기슭까지 술병을 꿰어차고 방황했다. 그런 아버지가 산기슭에서 추락하여 피투성이로 실려 온 어느 날 새벽, 나의 절망감은 극도에 달했다.

어깨와 한쪽 팔뚝 전체를 흰 붕대로 칭칭 휘어감았다. 몸통 절반을 드러낸 채, 일주일을 꼼짝없이 이부자리를 차고 누웠다. 반투명인간 같은 모습이었다. 그것도 와병이라고, 한통속인 동네아저씨들은 문병차 들락거렸다. 맛대가리 없는 황도니 백도니 깡통 나부랭이와 사과 꾸러미 따윌 싸들고서, "우렁소야, 좀 어떻노?", 문지방에 앉아서 그들 역시 작취미성의 한패거리임을 과시했다. 죽도록 창피스러웠다. 엄마가 너무 불쌍했다. 엄마, 라고 중얼거리기만 해도 눈물이 핑 돌았다.

"울지 마라. 금방 낫는다. 느그 아부지는 황소 아이가."

아버지 때문에 우는 줄 알고, 볼기짝을 철썩 두들긴 마씨 아저씨 뒤통수를 얼마나 노려보았는지.

뽀얗게 분 바른 엄마도 어느 날인가부터, 뜨거운 대구국을 끓이지 않았다.

아버지에게 염증을 일으키면서, 국솥과 밥주걱 따위에도 환멸을 느껴버린 것 같았다. 쿠키를 구워주던 회색 오븐은 선반 밑에서 보얀 먼지만 덮어썼다. 노릇한 고구마 튀김도, 명절이 아니면 튀겨주지 않았다. 엄마는 홀린 듯이 밖으로만 나돌았다. 아이들 간수, 소풍 수발까지 일하는 언니에게 떠넘기고. 엄마에게선 어딘지 비탄에 빠진 동백부인 냄새가 났다.

외출 때마다 굽 높은 빨간 샌들을 옆집 고춧가게까지 공수하는 임무는 막내 아영의 몫이었다. 엄마는 집에서 신는 슬리퍼를 끌고 이웃 마실을 가는 체 무연히 집을 나섰다. 그리곤 고춧집 안방으로 직행해선, 특공대원처럼 날래게 빨간 원피스로 갈아 입었다. 세트로 맞춘 샌들과 '빽'을 챙겨들기 무섭게, 뒤도 안 돌아보고 쌩소리나게 사라졌다. 떡함지 같은 몸뻬 바지를 요란하게 추어올리던 고춧집 아줌마의 멍, 벌어진 입술.

그 후로도 오랫동안 아버지만은 몰랐다. 엄마의 아지트가 설마하니 엎어지면 코 닿을 옆집 고춧가게라곤.

어느 비 갠 날 오후.

여느 때보다 일찍 돌아온 엄마는, 지치고 불행한 티를 내면서 공부방 미닫이를 드륵 열어젖혔다. 마침 나는 숙제 대신 책갈피에 얼굴을 파묻고, 열심히 '바람과 함께 사라지다'를 읽고 있었다.

타라의 여장부 스칼렛이 백마가 끄는 레트 버틀러의 마차를 타고, 말보다 더 길길이 야단을 떠는 대목쯤이었다.

그때 나는 책만 잡으면 습관적으로 흐느껴 울었다. 그게 십대 초반의 내가 맹신하다시피했던, 명작에 대한 가장 경건한 독서법이었다. 그렇게 잘못된 독서 습관을 붙이게 된 데는 국어선생님의 영향이 자못 컸다. 선생님은 수업시간마다, 세상에서 가장 아름다운 것은 연인의 사랑이며, 눈물은 감동의 가장 순수한 바로미터라 누누이 강조하셨다. 칠십 킬로그램 대를 돌파하는 거구의 뚱순이였지만 별명만은 '꽃님이'셨던 선생님. 그 이름에 걸맞게 항상 꽃뱀 같은 무늬를 누빈 화려한 우단 원피스만 입으셨다.

"나는 그렇게 달콤한 영화라면 사족을 못 씁니다."

록 허드슨이 나오는 '밀애'를 단체관람하곤, 드럼통 같은 온몸을 비비꼬셨다.

"사랑에 관한 좋은 말들을, 하루에 한 가지씩 소개하겠습니다. 이건 너무나, 주옥 같은 글귀들이라, 여러분이 통째로 외워두면, 평생 도움이 되고도 남을 낍니다."

아이들은 까르르 웃었다.

"이봐라, 앞줄에서 세번째, 니 와 웃노? 무슨 말인지 모르겠나? 중학생이 국민학생하고 다른 점이 뭐꼬? 바로 이런 말이 귀에 쏙쏙 들어와 박히야 그기 중학생이대이. 우째 이리 꿈도 감수성도 없노. 여학생 교복이 아깝다."

끌끌 혀를 차셨다.

그 글귀들이란 대충 이런 내용이었다.

'한 어머니가 아들을 똑똑한 남성으로 만들기까진 무려 이십 년이라는 시간이 걸린다. 그런데 어떤 또 다른 젊은 여성은, 단 오 분 만에 그 아들을 바보로 만들어버린다.'

아이들은 반강제적으로, 푸르거나 검은 잉크로 필기한 수업 내용 밑에, 따로 칸을 질러, 빨간 볼펜이나 사인펜 따위로 선생님이 주신 사랑에 관한 좋은 말들을 유난히 예쁜 글씨로 적어놓지 않으면 안 되었다.

"여러분, 명작을 읽으면서 울어봤습니까? 이건 대단히 중요한 얘깁니다. 눈물을 쏙 잡아빼는 작품이 아니면, 그건 명작이라고 할 수 없겠죠. 인간이 동물과 다른 점이 뭡니까? 그건 바로 감동을 느낄 줄 안다는 점입니다. 그 감동의 표현이, 바로 눈물입니더."

나는 선생님이 말하는 그 '인간'이 되어보려고 거의 필사적이었다.

그때도 정신없이 코를 훌쩍거렸다. 슬프건 아니건, 명작이니 울어야 했다.

물론, 소설책 대신 삼각자나 지리부도를 잡고 있었더라면 엄마의 기쁨은 배가되었을 것이다. 하지만 엄마는 그때

나 지금이나, 내가 무슨 짓을 하고 있건 개의치 않았다. 하지만 내 입장은 그게 아니었다. 이왕이면 이십 센티짜리 플라스틱 자를 들고, 면적이 주어진 사다리꼴의 높이를 계산하고 있었더라면 좋았을 뻔했다. 그 때문에, 마치 느닷없이 문을 열고 고개를 드민 엄마 처사가 심히 불쾌하기라도 하다는 듯, 떨떠름한 표정을 짓고 말았다.

"와, 어디 아프나?"

엄마는 안쓰러운 듯 나를 굽어보았다.

"책 그리 가까이 보지 마래이. 눈 나빠진단다."

"갑자기 문을 팍 여노. 노크도 안 하고. 깜짝 놀랬다 아이가!"

나는 시계창 밖으로 톡 튀어나온 뻐꾸기처럼, 볼이 메여 쏘아붙였다. 뭣보다 객쩍었던 건 눈물, 콧물로 비벼놓은 새하얀 휴지 뭉치들이었나. 책을 읽을 때면, 두루마리 휴지 한 통부터 통째 갖다놓았다.

그러나 엄마는 눈치코치 없이, 미닫이 문틀을 손톱으로 긁작거렸다. 나와 토론을 하려드는 눈치였다.

"책 읽었나? 무슨 책인데?"

나는 빨갛게 부푼 콧등을 손바닥으로 가리며, 책뚜껑의 제목을 향해 턱짓을 했다.

"아, 그거!"

엄마는 뜻밖에 감탄을 했다. 이 책을 아느냐는 듯한 시선으로 엄마를 보았다.

"엄마야 그까짓 기사 벌써 안 띴나? 뭐꼬, 바람과 함께 사라지다 아이가?"

"맞다."

"그기, 영화도 있다. 비비안 리가, 기둥 잡고 허리를 착착 졸라매는 고 장면이 하일라이트다. 니, 그 영화 아나?"

엄마가 그 명작을 하찮게 여기는 듯한 태도에 더욱 자존심이 상해, 읽던 곳을 접어두지도 않고 책뚜껑을 훌렁 덮어버렸다.

"그래 다 읽었나?"

엄마 입술이 묘하게 치켜 올라갔다. 오늘은 펄 섞인 장미색 립스틱을 칠했다. 나는 책 위에 벌죽 엎드려, 두 팔을 길죽하게 뻗어 손장난을 치기 시작했다.

"그래, 니는 그 책이 뭐슬 말할라꼬 한다고 생각하노?"

엥? 모기에 쏘인 것처럼, 따끔했다.

실은 의표를 찔린 것이었다. 주제 따위엔 관심조차 없었다.

그제야 문간의 엄마를 향해 등을 곧추세우며 똑바로 앉았다.

"그 책이 말할라꼬 하는 거는 말이다. 딱 한 가지밖에 없다."

엄마는 게슴츠레 눈을 내리뜨고, 감상에 젖은 표정을 지었다. 자식을 대하는 엄마 표정으로선 거의 설득력이 없었기 때문에, 어리둥절하기만 했다.

"뭔데?"

"그 책은 말이다……."

엄마의 음성이, 낮은 속삭임으로 촉촉히 떨려나왔다.

"여자는 사랑하는 남자하고 결혼을 못 하면 팽생 불행하다, 이 한 가지를 말할라꼬 씌어진 기다."

그 순간 내 얼굴은 어벙하게 일그러졌다. 거의 동시에, 엄마는 만면에 회심의 미소를 머금었다. 그리곤 핸드백과 함께 들고 있던 작은 종이봉투를 내 얼굴 앞으로 쑥 내밀었다. 얼결에 봉투를 받아들었다. 내 반응을 살피는 엄마 눈썰미는 항상 미세했다. 멍청하게 안엣것을 들여다보는 찰나, 엄마는 이미 침대방 청동빛 손잡이를 소리나게 돌리고 있었다.

마치 자신이 그 불행한 운명의 표본이기라도 하다는 듯이.

문은, 엄마 치맛자락 끝에 맴돌던 나의 시선을 당차게 튕겨내었다. 그 야멸찬 닫힘은 실오라기만한 너그러움도 없었다. 갑자기 웬 표변인가……. 나는 튀어나간 안구가 모진 것에 부딪혀 다시 눈시울을 찾아 들어온 것처럼, 얼얼한 아픔을 맛보았다.

문의 안쪽에서, 엄마가 낙망한 안나 카레니나처럼, 샤넬라인의 보랏빛 원피스를 벗지도 않고, 침대 위로 몸을 던지는 광경이 필름처럼 돌아갔다. 검은 구슬 핸드백이 카펫이 깔린 바닥 위로 둔탁하게 내쳐지고, 매트는 출렁거리고, 엄마는 고즈넉히 눈을 감는다.

이층 공부방과 방의 한쪽 면이 연결된 엄마의 침대방만은 집의 다른 곳과는 판이했다.

탁한 황금빛의 두터운 커튼이 시끄러운 차도로 면한 방의 창문을 장막처럼 뒤덮었다. 진자주 카펫이 깔려 있었고, 샹들리에풍 젖유리등 속 작은 발광체가, 촛불처럼 은은한

밝음과 어둠을 동시에 내뿜었다.

침대방 속의 엄마는, 언제나 채워지지 않는 욕망에 몸을 떠는, 막 그날 저녁의 오페라좌에서 돌아와, 레이스가 핀 하얀 가운으로 몸을 감싸고 아직 짙은 화장을 지우지 않은 채, 거울 속의 자기 모습에 빠져 안개처럼 담배를 피워 무는, 한없이 불행한, 사양길 여배우 같은 모습이었다.

엄마가 내 공부방에서 주눅이 들었듯이, 나는 침대방의 화려한 이불이며, 매니큐어의 요염한 끈적거림이 엉겨붙은 핑크빛 붓끝, 탐스럽고 부드럽게 길이 잘 든 화장솔이며, 여우목도리, 사파이어반지와 진주목걸이, 그밖에도 헤일 수 없이 잡다한, 엄마의 야릇하고 교만한 물건들 앞에서 풀이 죽었다.

엄마는 화가 나면, 아버지조차 그 방에 얼씬 못 하게 했다. 아라, 아영이 깊은 잠에 빠진 밤, 곤드레만드레로 취한 아버지는, 한 바퀴가 빠진 수레처럼 삐걱거렸다. 고갱이 바람으로, 굳게 잠긴 두 쪽 여닫이를 도끼로 으깰 듯이 팡팡 내리치곤 했다.

한 대 뻥 맞은 느낌이었다.

책의 어디에 그런 의미가 숨어 있었는지…….

새삼, 사백 페이지가 넘는 책갈피들을 후르륵 넘겨보았다. 아롱거리는 글자들이 낯설게 쳐다보였다.

책의 어디에도 그렇게 정리된 결말은 보이지 않았다. 내가 알고 있던 결말이라곤 의심의 여지없이 확실한 단 한 줄의 문장뿐이었다.

내일은 내일의 해가 뜬다!

그러면 그렇지.

책에 관한 한, 엄마의 입김에 좌우될 순 없었다.

그즈음 제멋대로 나다니기만 하는 변덕 많은 엄마였다. 기분이 좋을 땐 왕을 유혹하는 장희빈처럼 낭자하게 웃어 댔지만, 수 틀렸다 하면 장화홍련의 계모처럼 독살스럽게 소리치고, 빗자루를 탱탱 집어던지며 아무에게나 포탈을 부렸다.

어느 모로 봐도, 내가 좋아했던 헬렌 켈러 여사나 나이팅게일 간호원 같은 헌신적인 품위나 절제된 교양, 혹은 잔 다르크적 구국애나 용기 따위완 거리가 멀었다. 그렇다고 재클린처럼 현대적이지도 않았고, 한석봉의 어머니처럼 지혜롭지도 않았다. 춘향이처럼 수절할 자질도 없었지만, 그렇다고 이사도라 던컨처럼 자유롭거나 루 살로메처럼 현혹적이지도 않았다. 외모만은 영화에서 튀어나온 것처럼 빼어났지만, 안타깝게도 어린 내가 제일로 쳤던 정신적인 미덕과 불굴의 의지가 비어 있었다. 엄마는 너무 예뻐서 망가뜨려진, 서양영화 속의 '더미 블론드'를 연상시켰다. 때론 몹시 앙칼지고 샘이 많았다.

그리고 병적이었다. 간밤에 털어넣은 수면제 때문에, 아침마다 죽은 사람처럼 허옇게 늘어져 있었다.

그런 엄마가, 감히 교양도서 목록에 낀 책의 주제를 가지고 왈가왈부하다니.

어금니를 딱딱 부딪쳤다. 누런 사각봉투 속, 습자지처럼 사각거리는 하얀 속봉투를 끄집어냈다.

상투과자였다. 상투과자의 뾰족한 고깔은 언제 보아도

귀엽고, 먹음직했다. 갑자기 가슴이 뭉클했다.

엄마는 오직 나만을 위해, 아래층에서 스쳤을 아라, 아영을 용케도 비켜왔다. 동명제과 과자삽이 첫삽으로 이백 그램을 퍼낸 그 분량 그대로, 계단을 밟고 마루를 스쳐 내가 웅크린 공부방 미닫이를 살픈 열어보았던 것이다.

첫번째 상투과자의 검정 고깔이 혀끝에서, 자르르 흐물어졌다. 달고, 고슬고슬했다. 엄마의 사랑이었다.

더이상 책을 읽을 기분이 아니었다.

문득, 나야말로 아주 불행한 소녀라는 생각이 들었다.

다시 읽다 만 페이지를 찾아 책을 손에 들었다. 왠지 이번엔, 첫째 줄부터 눈물이 죽죽 쏟아졌다. 이윽고 엄마의 말이 가슴을 파고들어왔다.

그것은 정말, 사랑하는 남자와 결혼하지 못해 불행한 여자,

스칼렛 이야기였다.

8. 케세라, 세라

난폭한 싸움이 휩쓸고 간 자리는 언제나 불길할 정도로 적막했다. 모든 고함소리와 울부짖음을 싸그리 뭉쳐 블랙홀 속으로 던져버린 듯이.

하지만 칠흑 속에 농축돼 끈끈하게 배여 있던 그 기묘한 고요함은, 결코 손상된 신경을 모포처럼 포근히 감싸주진 않았다. 적막이란, 오히려 밤새 시커멓게 타버리고 말 거대한 스튜 냄비 같았고, 그 속에선 아무리 휘저어도 녹지 않을 분노의 응어리가 다글다글 들끓고 있었다.

엄마는 거의 날마다, 아주 의외의 장소에서 뜻밖의 사람들과 어울려 늦게까지 돌아오지 않았다. 엄마를 기다리는 시간은 일초, 일초, 영혼을 탈색시키는 것 같은 에너지를 요구했다. 거의 열한시가 넘도록 돌아오지 않으면, 영원히 돌아오지 않을지도 모른다는 공포감에 가위눌렸다. 파란 불꽃이 촛불 심지처럼 일렁거렸던 아버지의 눈빛. 팔짱을 끼고, 숱 많은 검은 눈썹이 험상궂게 치켜 올라간 그 모습은, 성난 파수꾼을 연상시켰다.

엄마는 열시, 하다못해 열한시 전에는 문턱을 밟으려고 가련해 보일 정도로 애를 썼다. 어디선가부터 종종걸음으로 달려와, 콧잔등에 송송한 땀방울이 그런 노력을 입증하는 증거였다.

아버지는 아무리 화가 났을지라도 그런 엄마를 결코 문 밖으로 내몰진 않았다. 일시적인 안도감이 세 자매의 가슴을 훑고 지나갔다. 잠옷 바람으로, 이불 밖으로 얼굴을 꺼내놓은 아라, 아영에게 엄마는 어서 자라고 짧게 말한 뒤, 소등을 해버리곤 했다.

나는 대개 이층에서 뭔가를 끄적거리거나 노트 필기에 열중하고 있는 때가 많았다. 하지만 아래층에서 순차적으로 펼쳐지는 상황들이 환히 그려졌고, 잔기침 소리 하나에도 섬칫해했다.

외출복을 벗어놓은 엄마는 시멘트 바닥에 쪼그리고 앉아, 수도꼭지를 틀어놓은 채 얼굴부터 씻었다. 얼굴에 물을 튀기는 소리라든가 목 뒤로 넘어가는 코를 들이마셔 침처럼 뱉어내는 엄마의 기척들이, 너무도 또렷하게 신경을 자극했다. 거미줄에 걸린 날벌레를 미시경으로 들여다보는 느낌이었고, 생유자를 씹은 듯 콧날이 시큰해졌다.

탁상시계 바늘이 움직인 위치를 확인할 때마다 돌아오지

않는 엄마에 대한 미움이 애타게 끓어올랐다. 하지만 막상 돌아온 다음에는, 낯을 씻기 위해 쪼그린 엄마의 작은 등을 떠올리는 것만으로도 에일 듯 마음이 아팠다. 결국 벌어지고 말 다음 상황을 습관적으로 연상하는 단계는 더욱 고통스러웠다.

일층 안채 방들이 어둠 속에 묻힌 것을 확인하고, 가로등도 없는 거리를 등대처럼 밝히던 점포의 빛을, 여덟 개의 나무 문짝 속으로 완전히 밀폐시킨 다음, 아버지는 서서히 집안 어느 모퉁이에서 비싯거리는 엄마에게 접근해 갔다.

결코 높지 않은 목소리로, 분노를 짓씹으며 언제나 이렇게 묻기부터 했다.

"어딜 갔다 온 기야?"

낮은 목소리였다. 그래서 되레, 한여름에도 드러난 팔뚝 위로 소름이 끼칠 만큼 위협적이었다. 짚단에 불이 일 듯, 내 마음은 공포로 활활 타올랐다. 대부분 엄마는 거의 아무런 대답도 하지 못했다.

아버지는 술에 취하지 않았을 땐 극도로 체면을 의식했다. 소리치지도, 손에 닿는 것들을 멋대로 집어던지지도 않았다. 교양을 가장한, 영화 속의 냉혹한 남자처럼 언제나 소리없이 이미 캄캄해진 점포 안으로 엄마를 끌고 갔다. 헝겊인형처럼 가볍게 장의자에 팽개쳐놓은 채, 엄마를 타고 앉아 묵묵히 주먹질을 했다. 아주 멀리서 들으면, 아이들이 장난하는 것처럼, 솜이 꽉 찬 베개나 쿠션 따위를 퍽, 퍽 쥐어박는 듯한, 소리의 가혹한 본질을 증발시켜버리는 위선적인 난타질이었다.

하지만 나는 집의 어디서건, 사태가 진전되는 단계를 정확히 감지했다. 습관의 능력이었다. 요모조모 구획지고, 칸막이가 쳐진 집의 구석구석이 손바닥 속처럼 환히 들여다보였다.

더이상 방관할 수 없는 시점이었다. 마침내, 노트 필기의 천재답게 정밀하게 써내려가던 스프링 노트를 펼쳐둔 채, 날래게 방을 빠져나왔다. 발소리를 죽여 점포로 달려나갔다. 저주받을! 쉼표 하나 놓치지 않는, 그 정밀한 필기와 식자로 찍어낸 듯 또렷한 인쇄체는, 나야말로 세 자매 중 누구보다 아버지의 딸임을 입증하는 것이었다.

점포 장의자와 진열대 사이로 펑 뛰어들면, 언제나 순간적으로 비명을 삼켰다. 엄마를 깔고 앉아 고개를 꺾은 아버지의 옆모습은, 얼핏 희생자의 목을 조르는 살인자의 프로필이었다. 다시 보면, 물론 목을 조르고 있는 것은 아니었다. 꼭 그런 자세로, 엄마의 몸 여기저기를 함부로 내리치고 있었던 것이다. 나는 아버지 등에 흡반처럼 찰싹 달라붙어, 사력을 다해, 엄마로부터 떼어내려고 팔을 잡아당겼다. 용수철처럼 튕겨나가 바닥에 머리를 찧을 것 같은 아슬아슬한 자세로. 너무 분노하고 가슴이 찢어져 아버지라 부르고 싶지도 않았다.

무조건, "하지 마, 하지 마, 하지 마!"

고목나무에 붙은 매미 같은 꼴로, 어떻게든 아버지에 깔린 엄마의 상태를 확인하려 했다. 하지만 그럴 때 엄마는 절대 나와 눈을 마주치려 들지 않았다. 주먹질을 피하려고 하지 않는 것처럼. 다만 철저히 무기력한 표정이었다.

그 얼굴만 보면, 나는 걷잡을 수 없이 격앙되었다. 그때부턴 뒤에서 아버지를 주먹으로 마구 때렸다.

하지 마, 하지 마, 비켜, 내 엄마야!

그 누구에게도, 그토록 모멸적으로 인간을 때릴 자격은 없었다. 그 누구도, 자식에게 그런 식으로 분노를 배우게 해선 안 되었다.

나는 엄마 대신 비명을 질렀다. 바닥으로 튀어내려 울부짖었다. 수치심과 분노에 코뿔소처럼 씨근거리며.

하지만 코뿔소라도, 새끼란 미약한 존재다.

그런 가냘픈 항거가 통할 때도 아버지가 맨정신일 때뿐이었다. 더러는 그런 난장판이 사나흘씩 지속됐다.

그런 상황을 빌미로 아버지는 연속적으로 폭음을 했다. 아무도 접근할 엄두를 못 낼 만큼 혼미하게 취해버렸다. 아이들끼지 번갈아 엉덩이를 맞았다. 충격적이었다. 결코 아이들에게 손찌검을 하는 아버지는 아니었다.

하지만 폭군의 탈을 집어썼을 때, 아버지는 힘이 나고 더 힘이 나고 끝없이 힘이 났다.

꿈에 본 아버지는 억울하다고 말한다.

"니는 와 그런 것만 기억하노?"

어쩔 수 없다. 책임지고 사랑했지만, 평생 방법에 무지했다. 그런 아버지에게 내가 가할 수 있는 유일한 징벌이라곤, 편파적인 기억뿐.

며칠 간의 악몽이 지나간 뒤.

아버지는 거나하게 코를 골며 잠에 빠졌다. 한바탕 불을 토하고 나가떨어진 난폭한 용처럼. 철저히 무책임해 보이는 모습이었다. 술독에 부대낄 때마다, 흉포한 거인처럼 방바닥을 발로 굴렀다.

적막과 어둠을 뒤흔드는 발길질을 고스란히 견디면서, 아라, 아영도 어느 결에 고른 숨을 몰아쉬었다. 하지만 나만은 홀로 깊은 밤.

새파랗게 깨어 있었다. 유리창의 성에를 벗겨내는 손가락의 얼얼한 감촉처럼, 차갑고 뻣뻣하게 곱아가는 마음의 상처가 좀처럼 잠을 허락지 않았다.

침대방에 몸을 숨긴 엄마에게선, 실낱 같은 기척도 새어 나오지 않았다. 이미 수마에 넋을 앗긴 것이었다. 단 몇 시간 동안의 죽음 같은 잠을 위해, 언제나 정량이 넘는 진정제와 수면제를 털어넣었다. 사춘기의 후각이 여린 잎새처럼 예민해지면서, 나는 매일 밤 엄마가 어떻게 잠을 청하는지 알고 있었다.

깜깜한 암흑 속.

어둠 속의 고양이처럼 더듬거렸다. 전축 버튼을 누르면, 아주 쬐그맣고 붉은 등이 칠흑 속에서 정답게 반짝거렸다. 권투 글러브 같은 헤드폰을 머리에 썼다. 소리들이 작열하도록 볼륨을 키우며, 뽑히는 대로 음반을 걸었다.

왜 이렇게 불행할까.

나는 왜 엄마, 아버지 같은 사람들의 딸일까. 그들은 분명히 내게 행복을 주려 했지만, 자꾸 불행했다. 하지만 불행감이란 너무도 손에 익은 필기구나 낡은 책갈피와도 같은 것이어서, 점차 크게 불편하지도 않았다.

엄마는 화려하고 소란한 친구들과 어울려, 세련되고 멋

을 아는 신사들과 짝을 이뤘다. 해변의 스카이라운지에서 멋진 식사도 하고, 품위있는 대화도 나누는 것 같았다. 모래성을 쌓아 작대기를 찔러놓고, 작대기가 쓰러지면 손목을 맞는 모래 덜어내기 놀이에 깔깔거리며.

주로 방학 때였을 것이다. 아침마다의 정신없는 분주함이 가신 오전 열시쯤. 들통에 물을 데워 정성껏 낮 씻고 머리 감은 엄마는, 으레 긴 화장으로 자신의 새로운 하루를 시작했다.

수건으로 이마 위를 동여 붙이고, 하얀 크림을 듬뿍 찍어온 얼굴이 번쩍거리도록 정성껏 윤을 냈다. 분홍빛 티슈로 세세히 닦아내곤, 여러 개의 크고 작은 크림통을 열었다 닫았다……. 그 시간의 엄마는 그날 하루에 대한 설레이는 상상으로, 마냥 발갛게 흥분되었다. 비밀을 묻어두기엔, 너무 가볍고 열이 많은 가슴이있다.

"그 아저씨는 정말로 점잖은 신사란 말이다……."

엄마는 크림을 닦아내던 휴지뭉치로 코끝을 찧으며 짜릿한 표정을 지었다.

호기심 때문에 숨이 멎을 것 같았다. 그때 중3이었던 나도 열병을 앓고 있었다. 짝사랑이었다. 신학기에 새로 부임한 수학선생님을 애타게 동경했다. 하지만 'Y스토리'처럼, 선생님은 나를 알아보지 못했다.

성장기의 볼썽사나운 동물처럼 나도 흉하게 변태되던 시기였다.

사진 속의 얼굴부터 딴아이처럼 달라졌다. 눈동자는 홀린 듯 불안하게 휘번득거리고, 깡말랐던 사지에 두부처럼 살이 올랐다. 나의 정신적인 상실감을 배반하는 육체적 왕성함은 징그러울 정도였다. 몸의 성장은 한 해를 주기로 보기 좋게 켜를 늘려가는 나무의 나이테 같은 것이 아니다. 가냘프게 메말라주지 않는 손목의 튼실한 부피에 놀라, 어느 날인가는 자해충동까지 느꼈다.

더이상 위인전 책갈피를 넘기지 않았다. 이제 의식의 정면에서 나를 유혹하기 시작한 존재는, 죽음과 부조리를 노래한 이방인들과 라라나 카츄샤 따위 사멸되지 않을 연인들의 이름이었다.

선생님이 나를 알아보도록, 필사적인 노력을 했다. 쉬는 시간, 공연히 교무실 주변을 서성거렸다. 도시락엔 손도 대지 않았다. 제인 에어처럼 비쩍 마르고 창백해 보이고 싶었다. 선생님은 나의 로체스터였다. 비 오는 날, 홀로 운동장에서 우산도 받지 않고, 로체스터의 시선이 내게 닿길 열망하며 어슬렁거렸다.

"저기 운동장에서 비 맞는 학생, 빨리 교실로 들어가요. 감기 듭니다", 방송실 스피커가 운동장 구석구석 또랑또랑 울려 퍼졌다.

발신인도 수신인도 없는, 장문의 연애편지를 한 달씩 책가방에 넣고 다녔다. 대단히 유치한 내용이었지만, 원전은 꽃님이가 필독서로 추천한 '사랑하였으므로 행복하였네라'였다.

그러나 석 달이 지나도록, 로체스터는 여전히 나를 알아보지 못했다. 봄소풍 때, 금정산 계곡을 뛰어넘는 아이들의 손목만은 잘도 잡아주었지만. 긴 무리에 섞여, 나도 초조하게 손목을 잡힐 차례를 기다리고 있었다. 어떤 감촉일까. 일부러 한껏 들까불고 껌을 찍찍 씹었다. 내 앞 고작 세 아이쯤 남겨놓았을 때였다. 등뒤에서 누군가, 드립다 뒤통수를 내리쳤다.

"야! 어디서 껌을 찍찍 씹노? 뱉어라. 빨리 안 뱉나?"

백곰이라 불렸던 학생주임이었다.

이럴 수가.

왈칵, 눈물이 솟았다. 우뇌와 좌뇌가 자리를 바꾼 듯, 아니 호르몬 분비샘이 터져버린 느낌이었다. 그 수모를 당하면서도, 퍼뜩 곁눈질부터 했다. 로체스터와 정면으로 눈이 마주쳤다. 그는 여전히 징검다리에 한쪽 다리를 걸치고 서 있었다. 사슴처럼 선량한 눈이, 나와 백곰을 무렴한 듯 두리번거렸다.

무참한 나미지, 제풀에 뒤로 튕겨났다. 씹던 껌을 슬그머니, 어금니 안쪽으로 밀어넣었다. 누군가, 정의로운 영혼이 내 손을 잡아주어야 할 것 같았다. 하지만 아이들은 아무 일 없었다는 듯 지지배배 지껄이며, 징검다리 위에서 깡충거렸다. 로체스터도 씨익 웃으며, 원래의 자세로 되돌아갔다. 다시 아이들 손을 잡아주기 위해서였다.

내 얼굴은, 산에서 본 연산홍보다 더 붉게 달아올랐다.

일주일 후, 수학시간.

키가 커 뒷줄 세번째였던 나는 손바닥에 턱을 괴고 선생의 뒷모습만 하염없이 바라보았다. 그때 로체스터는 X, Y 좌표선상에 포물선을 그리고 있었다. 맘에 들지 않는지, 몇 번씩 지우개로 지워가며 고쳐 그렸다. 한 손엔 흰 분필을,

또 한 손엔 큼직한 삼각자를 쥐고. 움직일 때마다 허연 분필가루가 묻어난 양복 아랫섶이, 약간은 육감적으로 출렁거렸다. 아직도 내 이름을 불러주지 않았지. 그 고통스런 현실이, 저릿한 슬픔의 혈액으로 변해 온몸을 타고 돌았다. 어떻게든, 나를 드러내야 했다. 가방 속엔 아직, 소풍 때 껍질도 안 벗긴 과일사탕이 버림받은 여자처럼 뒹굴고 있었다.

벌떡 일어섰다. 주변의 몇 아이만, 나의 느닷없는 돌출을 알아차렸다. 쏜살처럼, 제일 앞줄을 향해 포도색 사탕 한 알을 집어던졌다. 사탕이 먼저, 길죽한 포물선을 그렸다. 제일렬, 곰보처럼 얽은 새까만 책상이 빗맞은 탄환처럼, 사탕을 튕겨냈다. 소리가 울린 순간, 잽싸게 주저앉았다. 다리가 후들거리고 가슴이 콩닥콩닥 뛰었다. 아이들이, 벌떼처럼 "와!", 했다. 로체스터도 돌아섰다. 교탁 밑으로 굴러든 사탕을 조용히 집어들었다. 지휘봉 끝으로 교탁을 두 번 쪼았다. 콩콩.

"이게 뭐지?"

서울서 온 로체스터는 표준말을 썼다.

키, 키득, 낙숫물 소리 같은 수런거림이 물수제비처럼 퍼져나갔다.

다시, 콩콩.

"이게 뭐지?"

"사탕 아입니꺼?"

앞에서 세번째, 양모라는 이름의 오락부장이었다.

"누가 이랬지?"

잠잠…….

"누가 이랬어요?"

잠잠…….

"양모, 네가 그랬니?"

"지는 아이라예."

키, 키키득…….

로체스터는 이를 딱딱 부딪쳤다.

"이런, 못된 여학생들."

더도 덜도 아닌 선생의 표정이었다. 누구를 향한 것인지 모를 실망감이, 등줄기를 타고 내렸다. 나도 모르게 어금니를 딱딱, 부딪쳤다. 로체스터는 뚜벅뚜벅, 걷기 시작했다. 하나하나, 가까운 얼굴들에 눈도장을 찍으며 집중된 표정으로 뒷줄을 향해 걸어 나갔다. 내 옆을 스칠 때였다. 나는 소리없이 "내가 그랬어요", 중얼거려보았다. 선생은 뒷줄 둘째 열까지 차분히 나아갔다.

"너는 정말 글씨를 잘 쓰는구나. 성격이 차분해서 그런가."

느닷없이 희주의 공책으로 구부정히 등을 숙였다. 이미 날카로운 탐정의 표정 같은 건 씻은 듯 사라지고 없었다. 자르르 윤기 흐르는 희주의 참머리를 손바닥으로 쓸어내렸다. 빙그레 웃기까지 했다. 힐끔 돌아보았다. 배시시 웃으며 눈을 내리깐 희주의 예쁜 옆얼굴이 냉큼 시선을 차고 들어왔다. 내 일생, 한 여인에 대한 질투를 그렇게 적나라하게 씹어본 적이라곤 없었다.

하지만 고개를 든 선생은 이내 싸늘한 눈초리를 되찾았

다. 손바닥의 사탕을 펴즐 풀기처럼 요리조리 째려보았다. 노골적인 경멸이, 전자파처럼 사탕을 지져댔다. 잠시 후. 사탕은 저만치 대각선 방향 쓰레기통으로 콱, 처박혔다. 퍽, 하는 소리를 끝으로 아무 소리도 들리지 않았다. 그 소리없음이, 그 순간 내겐 가장 못 견딜 모멸이었다. 뒷짐진 로체스터는 다시 뚜벅뚜벅, 교탁으로 되돌아갔다.

"다시 이런 일이 있으면, 적발하겠어요."

서릿발처럼 냉랭한 음성이었다.

유월이 왔지만, 상황은 조금도 달라지지 않았다. '병태와 영자'가 선풍을 일으키고, 교복 치마 밑으로 유곽 여자들처럼 다리를 꼰 아이들이 '날이 갈수록'에 열광을 했다. 장마비가 거셌다. 끝없이 비만 내리는 날들이었다. 비 때문에 정신을 잃은 아이들은, 쉬는 시간이면 우르르 창턱으로 뛰어올랐다. 흰 커튼을 허리에 휘어감고, 휘어진 책받침을 흔들며 미스코리아 후보들인 양 치마를 거머쥐고 장딴지 두께를 견주었다. 그러다간, 서로 부둥켜안은 채 와악, 비명을 지르며 바닥으로 떨어져내렸다. 암코양이처럼 앙칼진 담임이 송판 같은 수박색 출석부로 등짝을 퍽퍽 내리쳤다.

"미쳤나, 도대체 우리 반은 와 이렇노. 전부 단체기합이다."

목이 갈라터지도록 쇳소리를 질렀지만 아무 소용 없었다.

그런 토요일, 나는 책가방을 든 채 학교 대신 해운대행 버스를 탔다. 우산은 있었지만, 흰 하복이 등에 찰싹 달라붙도록 찬비를 맞았다. 동백섬으로 휘어진 미끈한 드라이브

웨이까지, 넋을 잃고 걸었다.

땅과 바다에서 탄환처럼 튀는 빗발이, 뽀얀 물안개를 피워올렸다. 로체스터가 없는 세상. 그때 우리 또래는, 아주 중요한 것이 결여된 무엇을, '앙꼬 없는 찐빵'이라 불렀다. 재작년, 짝사랑 때문에 바다로 뛰어들었다는 어떤 선배언니의 탈고 안 될 전설이, 남의 일 같지 않았다. 물안개와 일치되는 듯한 느낌이 신비로웠다. 몽환 속의 죽음은, 아주 부드럽고 폭신한 벨벳처럼, 두렵거나 칙칙하지 않았다. 그래, 한번 뛰어들어보는 거다. 하지만 얼토당토않은 걱정이 발목을 붙들었다.

책가방을 어떻게 한담?

바닷가 아이였지만 수영은 젬병이었다. 이럴까, 저럴까. 시계추처럼 마음이 오락가락했다. 그러다 그만 너무 오래 서성이고 말았다.

누군가, "학생!", 하는 소리가 났다.

귀신을 본 것처럼 깜짝 놀랐다. 젊은 남자였다. 십 미터 전방쯤에서 박쥐우산을 쓰고 뚜벅뚜벅 다가왔다. 제복을 입은 그는 분명 경찰이었다. 가까이 보니 여드름이 곰삭아, 피부가 사람의 거죽 같지 않았다.

아차, 싶었으나 때가 늦었다. 나는 비 맞은 새앙쥐 꼴로 호랑이굴로 잡혀들어갔다.

"아니, 그기 아니라, 일단 정확히 몇 시에 학교에서 나왔는지 그걸 말하라 카이."

여드름은 본격적인 심문 태세를 취했다.

"정확히. 몇 시 몇 분 몇 초! 이 조서라는 거는 말이다.

육하원칙에 따라서 정확히 써제껴야 되는 기다. 학생, 육하 원칙 아나? 언제, 어디서, 누가, 무엇을, 어떻게, 왜?"

책상까지 치며 "왜?", 라고 했을 땐, 턱끝까지 잠식한 검은 분화구들이 일제히 꿈틀거리는 듯했다.

그의 주먹이 책상의 경련을 음미하는 동안, 짧은 정적이 틈입했다. 꿰뚫어볼 듯한 시선인데도 믿을 수 없게 멍청했다. 날을 곤두세웠는데도 그렇게 어수룩할 수 있는 눈은 처음이었다.

"와, 학교에 안 갔노. 지금이 몇 신데. 학생이 교실에 앉아 있어야 할 시간이라 이 말이다. 그런데 와 동백섬에 왔노? 언제, 어떻게? 열시쯤? 쯤 같은 소리 하지 마라. 열시 몇 분 몇 초였노? 분, 초까지 정확히 말로 해라. 낼로 몰캉하게 보고 입 다물고 있으면, 학생 장래는 여기서 홰까닥 간다, 알겠나? 전화 한 통이면 학생은 퇴학이다, 퇴학. 이런 거는 정학 갖고 안 된대이."

여드름과 나밖엔 개미새끼 한 마리 얼씬 않았다. 장마비에 기온이 뚝 떨어져, 팔등에 소름이 돋았다. 좌측 책상머리에서 선풍기가 왱왱 돌아갔다. 찬바람이 젖은 몸을 핥을 때마다, 머리털이 쭈삣 솟았다. 내 입은 아이스하드처럼 얼어붙었다. 그는 더이상 두려움이나 공포의 대상도 아니고, 오직 찰거머리나 진드기처럼 지겨울 뿐이었다.

"그냥 나왔는데……."

아래턱이 덜덜 떨렸다.

"는데는 무슨 는데, 습니다!"

"그냥 나왔습니다."

신물이 올라왔다. 기껏해야, 스무 살 전후로 보였다.

"그냥이 어디 있노? 이유가 있을 거 아이가."

"비가 와서."

차라리 솔직하게 말해버렸다.

"비?"

"비 맞고 싶어서."

"환장했나?"

그렇다고 대꾸하고 싶었다.

흘러내린 단발을 귓등으로 넘기며, 새침하게 아랫입술을 깨물었다. 그의 촌스러움과 어눌한 말들이 모욕감을 부채질했다. 이 정도 인간에게 문초를 당해야 하다니.

"학생, 이라면 안 된대이. 지금 때가 어느 때고? 북으로 김일성이와 대치하는 준전시상황이란 말이다. 도덕시간에 뭐했노? 고등학교 언니들 있제? 그 언니들도 요새는 전부 제식훈련 받는대이."

심문이 한 시간을 넘어섰다. 이윽고 눈앞이 샛노래졌다. 수렁의 끝이 보이지 않았다. 서서히, 내가 처한 상황의 질펀한 암담함이 실감되었다. 여기서 벗어날 수만 있다면, 피를 토해서라도.

흐흑. 으흐흐으…….

하지만 막 흐느낌을 터뜨렸을 때만 해도, 그 눈물이 묘약이 될 줄은 몰랐다.

"울지 마라. 와 우노."

여드름은 뜻밖에, 창살처럼 뻣뻣해 보였던 팔짱을 풀고, 의자 등받이에 비스듬히 몸을 기댔다.

"봐라, 학생. 진짜 걸렁한 학생 같진 않은데. 내도 학생 같은 여동생이 있다."

흐흑.

"학교 성적은 우찌 되노?"

자상해지기까지 했다.

"데낄로 공부 몬 하는 학생 같지도 않은데. 시험 보면 몇 등하노? 반에서 십등 안에는 들지 싶은데."

더욱 소름이 끼쳤다.

흐, 흐흑…….

"울지 마라. 선처해주께. 대신, 다씨는 이라면 안 된대이. 공부나 열심히 하래이."

여드름은 채 석 줄도 못 메운 조서장을 슬쩍 우그러뜨렸다.

한 시간 후.

나는 여드름이 사다 준 김밥을 앞에 놓고, 코를 빠뜨리고 있었다. 여드름이 어찌나 미운지, 곁눈도 주기 싫었다. 그는 그 상황에서 취할 수 있는 가장 끔찍한 조처를 취해버렸다. 전화번호를 물을 때만 해도, 긴가민가 했었다. 그러나 아버지임이 틀림없을 누군가와 통화를 하는 동안, 바다로 뛰어들 걸, 후회막심이었다.

이윽고 아버지가 나타났다.

"이 학생이요……."

여드름이 촉새처럼 자리에서 일어섰다.

"마, 됐십니다. 알겠십니다."

아버지는 여드름의 손을 부여잡고 힘차게 흔들었다. 우

람한 손에 붙들린 여드름은, 급소를 찔린 격투기선수처럼 돌연 교란되었다.

"차암, 수고가 많으십니다. 우리 애가요, 그놈의 공부 때문에 너무 시달려갖고 이랍니다. 요새 시험 그기, 아아들을 안 죽입니까? 공부 몬 하는 아아들이 차라리 속이 편코, 잘 하는 놈이 더 죽어납니다. 죽어라 파제껴도 올라갈 데가 없는 기 일등 자리 아입니까."

여드름의 눈도, 내 눈도 휘둥그래졌다. 설마 하니 아버지가 그렇게 나오리라곤.

"마, 귀에 걸면 귀고리, 코에 걸면 코고리지만, 우리 애는 그런 아아가 아닙니다. 선처해주셔서, 참말로 감사합니대이. 내가 저 자갈치에서 약국을 하나 하는데, 약국 김가 하면, 그 동네에선 쬐매 알아줍니다. 언제 지나가거든 한번 들리시소. 이거는 식사라도 좀 하시고. 번번찮습니대이."

뒷주머니에서 흰 봉투까지 슬쩍 튀어나왔다.

"아이구, 예."

귀신이 곡할 노릇이었다.

택시까지 얻어 타고 집으로 돌아왔다. 그 사이에도, 한마디 채근도 하지 않았다.

"비 오는 데 바닷가는 뭐하러 갔드노? 순 깡패들 천진데. 잘못하다가는 시껍한대이."

쓱, 콧김을 내뿜곤 그만이었다. 아버지는 다시 험상궂게 팔짱을 끼고 진열대 뒤로 어슬렁어슬렁 걸어갔다. 와르륵 손마디를 꺾으며. 지독한 자존심과, 자식에 대한 맹목적인 편애의 요술이었다.

지옥은 정작, 안방에 납쭉 엎드려 있었다.

부랑아처럼 방문을 드르륵 밀고 책가방을 홱, 집어던졌을 때, 엄마는 허옇게, 축 늘어져 있었다. 맞으러 나오지도 않은 주제에. 틀림없이 무슨 약인가를 먹고, 눈에 초점이 풀어져 있었다. 툭 하면, 약은 왜 먹느냔 말야. 엎드린 엄마 앞에선, 언제나 거인처럼 키가 쑥쑥 웃자랐다.

"와 이라노. 니, 와 이라노. 내 죽는 꼴 보고 싶나? 나이 몇 살인데, 벌써 바람이 났나, 뭐꼬?"

바람, 소리에 기겁을 했다.

"니 이라먼 내는 몬 산다. 아까 전화 받고 죽는 줄 알았다. 아라, 아영이 뻔 보먼 우짤라꼬 이라노? 니 정신이가. 미칬나? 아이고, 참말로, 점쟁이한테 가서 부를 쓰등가 해야제. 귀신이 쐈나, 와 이라노!"

바락바락 퍼부어댔다.

나는 죄스러움은커녕, 독이 올라 씨근덕거렸다. 젖은 머리와 찰싹 달라붙은 옷의 촉감이 더할나위없이 짜증을 북돋았다. 내게 저렇게 퍼부어댈 자격이 있는가.

"니 선생 좋아하제?"

"뭐?"

으르렁거리며 대들었다.

"다 안다."

"어떻게?"

"다 아는 수가 있다."

"어떻게?"

“내가 귀신 아이가.”

아뿔싸.

엄마는 빨간 레저 가죽을 씌운 내 조잡한 일기장을 훔쳐 본 것이다.

하지만 당혹감도 잠깐이었다. 이내, 픽, 코웃음을 쳤다.

크림을 닦아내던 엄마의 눈웃음 때문이었다.

그 아저씨는 정말로 점잖은 신사란 말이다…….

흡족함을 못 이겨, 내 볼을 살짝 꼬집기까지 했다. 바로 그런 순간이었다. 딸이 엄마를 우습게 보기 시작하는 건.

엄마는 서른아홉, 나는 열다섯. 우리는 환상의 ‘모녀기타’였다.

9. 콜택시

다섯시 반!

나는 퍼떡 이불을 걷어찼다. 네시 반, 울린 자명종 시계가 육십 분을 지나친 뒤였다. 오, 이러면 안 되는데. 시계, 너만 제 갈 길을 갔구나. 나는 몽유병자처럼 허덕거린다. 하지만 수마는 도미노 현상처럼, 혹은 수없이 나를 향해 쏟아지는 병풍짝처럼, 나를 덮친다. 안 돼. 일어나야 돼.

온몸에 절임용 소금을 뿌린 것 같았다. 잦은 요의 때문에 밤새 잠을 설쳤다. 서른여섯 해의 피로를 풀어줄, 그런 잠은 없을까. 비뇨기계에 붉은 램프가 깜빡거린다. 한 달째 커피를 너무 마셨다. 잘 흘러나오지도 않는 소변이 불처럼 뜨겁다. 그런데도 종일 물 먹은 스폰지처럼 오줌만 마렵다.

꿈에 또 여왕이 나타났다.

잘 써줘, 잘 써줘야 돼. 내 인생 엄하게 팔아먹으면 안 돼. 알지, 김 선생?

시간이 얼마나 남았더라?

오, 제기랄. 다신 이렇게 무리한 일은 안 한다. 그러나 또 알 수 없다. 생은, 유령들이 치는 피아노 연주 같은 것.

"그냥 아아들이나 잘 키우고 눈 딱 감고 살아라."

샤워기 꼭지에서 엄마 목소리가 쏟아진다.

높은 고리에 샤워기를 걸어놓고, 뜨거운 물에 얼굴 정면을 들이댄다. 물줄기와 얼굴의 대결. 곧, 숨이 막히겠지. 질식해 죽는 것만큼, 간단한 일도 없겠다. 물이 좋으면서도 물이 무섭다.

엄마는 나와 물 사이를 가로막으려 했다.

열아홉에 고향을 떠날 때, 능금처럼 빨간 하프코트 한 벌을 꾸려 넣어주었다.

"항상 밝게. 가능하면 빨간색을 입어래이."

일종의 빨간 부적이었다. 가능하다면 잠자리채로 태양이라도 떠담아 주고픈 표정이었다. 그 어처구니없는 사건 이후, 엄마에게 물이란 나의 재앙이었다. 비에 홀려 바닷가를 서성거린 딸이었다.

아버지의 반대를 무릅쓰고, 서울 아니면 대학도 안 간다 고집을 부렸을 때도 엄마만은 이렇게 말해주었다.

"자아는 물가를 떠나야 된다."

사랑이었다.

그러나 부적은 칠 개월 만에 훌쩍 내 곁을 떠나갔다. 새파란 유화물감을 뒤집어쓰고서. 그걸 그렇게 망쳐놓은 건, 기숙사 한 방을 썼던 신방과 삼학년이었다. 내가 신입생이었던 가을. 미대생에서 의대생으로 애인을 갈아치우는 과정에서, 그녀는 첫번째 애인의 화실에서 새파랗고 끈적거리는 유화물감을 보기 좋게 뒤집어썼다. 그 봉변을 당하던 순간, 그녀는 당시 유행이었던 머리장식용 빨랫집게를 일곱 개나 꽂고, 엄마가 내게 준 빨간 하프코트를 훔쳐 입고 있었다.

그게 부적과 나 사이의 예정된 운명이었어.

폭포 아래 몰아지경이 된 것처럼, 뜨거운 물을 맞으며 눈을 감았다. 조금씩, 더 뜨겁게 수도꼭지를 왼쪽으로 비틀며. 그 차고 뜨거움의 조절조차, 언제나 딱 마음먹은 대로 되는 건 아니다.

마치 인생이 전혀 내 뜻대로 되지 않았던 것처럼. 엄마 뜻대로 된 것도 아닌 것처럼. 나는 여전히 비를 맞으며, 푸른 바다를 서성거린다. 로체스터는 에밀이 되고, 에밀은 필립이 되고, 필립은 아담스가 되고, 그 모든 아담스들이 내 안의 광기로 변질되었을 뿐. 그 광기조차, 잔일의 반복에 신경질을 내면서 툭툭 그릇이나 깨뜨리는 속된 히스테리로 변태를 거듭해갈 뿐.

목욕수건으로 가슴 아래를 칭칭 감았다. 젖은 발바닥을 깔판에 문지르며 오소소 떨었다. 벗은 채 이대로, 새벽 숲길을 걷고 싶기도 했다. 엄마와 다정한 친구처럼, 십여 걸음 폭을 두고 비밀스런 새울음을 좇아 숲을 들추는 환상. 엄마의 정신은 회복기의 환자로 접어들고, 아, 그러면 얼마나 비 갠 날 오후처럼 아슴할까.

작은방 문틈에서 하얀 형광등 불빛이 새어나왔다.

엄마는, 불도 안 끄고!

틀림없이 돋보기를 쓴 채 그냥 잠든 거다.

요즘도 잠자리에선, 베개를 모로 베고 소설책을 펼쳐들었다. 엄마 촌평에 따르면, 요새 소설은 통 재미가 없다. 소설에 대한 엄마의 희망은, 박경리 여사가 영원토록 토지를 써주는 것이다.

“니 책 그거 언제 나오노? 그기 읽고 싶어 죽겠다.”

“내 책 아니라니까!”

아무리 면박을 줘도, 엄마는 여왕 이야기만 학수고대했다. 틀림없이 수첩 속 모든 이름으로 전화를 걸어, “우리 아정이 책 썼다”, 동네방네 떠들어댈 작정으로. 유리 엄마는 이번에도, “이기 어데 느그 딸 책이고?”, 하진 못할 것이나.

마루의 티끌들이 맨발을 따라왔다.

방의 불을 꺼주려고 문을 열었다. 벗은 어깨 위로 살얼음이 돋는 것 같았다.

왜 이리 썰렁하지? 한겨울 아니면, 마루 보일러를 꼭꼭 틀어잠근 탓이다. 에취, 재채기가 터졌다.

“벌써, 일어났나?”

엄마는 깨어 있었다. 방도 써늘했다. 몸에 열이 많아, 한사코 방에 불 넣는 걸 싫어했다. 이불도 홑이불에, 낮에 입었던 티셔츠를 그대로 입고 있었다.

“뭐해?”

“잠이 안 온다.”

"밤새?"

"아이. 세시쯤 깼나?"

돋보기를 썼다. 뜨개감을 들고 꼬박꼬박 조는 할머니처럼. 더 늙으면 안락의자와 고양이 한 마리쯤 있어야겠다. 그러고 보니 엄마가 내게 해준 것도 많았다. 여학생 때, 가사 숙제는 전부 엄마 차지였다. 홈질, 박음질 바느질 보자기, 레이스 뜨기, 동양자수, 포플린 블라우스 만들기까지. 십점 만점에 십점도 받고 구점도 받았다. 그러나 그런 엄마는 좀체 떠오르지 않는다.

선택적으로, 나쁜 기억만을 솎아내는 생각의 호미질.

"감기 든다. 옷 안 입고 뭐하노?"

이불 위, 낡은 자주색 보자기의 매듭 한쪽이 풀려 있었다. 낡은 편지더미를 싸맨 보자기였다. 웬 편지야? 썩, 하품이 난다. 이미 읽은 편지들이 탑을 이뤘는데, 보자기 속에 아직 수북이다.

"편지 아냐?"

"응. 편지다."

"무슨 편지?"

"모르겠나?"

돋보기 너머, 엄마의 두 눈이 깜빡인다. 한순간, 별처럼 초롱한 빛이 반짝했다.

"이기, 전부 니가 내한테 보냈던 거 아이가."

엄마의 왼손 둘째손가락이 오른쪽, 검은 복사마귀가 박혀 있는 목덜미를 쓱쓱 긁었다. 그 복사마귀의 젖꼭지 같은 감촉은, 열 살을 고비로 완전히 잊어버렸다.

"전부. 니가 내한테 보낸 기다. 이 편지가 내 팽생의 보물이다. 금땡이하고도 몬 바꾼다."

그런 적이 있었던가?

"엄마, 고맙습니다. 건강하셔야 돼요. 아정이……."

무렴했다.

"이거는 니가 국민학교 다닐 때, 어버이날에 카네이션하고 같이 줬던 기다."

무릎을 쪼그려 문턱에 정강이를 박았다.

"이거는 뭐꼬? 아. 처음 서울 갔을 때, 기숙사에서 보낸 편지네. 그때는 우리가 서로 보고 싶어서, 얼마나 죽고 못 살았노. 편지를, 참 태산같이도 보냈었다. 일주일에 두 통도 오고 세 통도 오고. 암만 답장을 할라 캐도, 니 편지하고는 비교가 안 돼서 몬 보냈다. 그 편지 받는 낙으로 안 살았나. 사람들이 모다 부러버서 죽었다. 니가 그때는 엄마를 얼마나 좋아했던지. 봐라, 여도 그랬다. 엄마를 엘리자베스 테일러라꼬 썼네. 내가 뭐시 그리 잘났다꼬. 엘리자베스 테일러 들었으면 기절로 안 했겠나. 세상에 내 딸아, 아정아. 우찌 이리 다정했을꼬. 천지강산에 둘도 없는 내 딸. 꿈에도 그리벘다."

갑자기, 울먹한다.

"잠 안 자고 뭐해?"

속살을 보인 것처럼 부끄러웠다.

"엄마, 사랑해. 이렇게 떨어져 보니까 알겠어. 내가 엄마를 얼마나 사랑하는지. 아버지는 좀 어때? 술은 여전하겠지? 엄마, 조금만 기다려……."

크응. 엄마는 돋보기를 벗고, 손등으로 눈물을 훔쳤다.

"니가 이래 효녀였다. 이만한 효도가 없고 말고. 세상천지에 어느 엄마가 자식한테 이런 편지를, 이만치 받아봤겠노?"

엄마의 눈물은 손등만으론 부족하다. 이불깃을 들어, 얼굴을 묻어버린다.

"와 이래 외로블꼬……."

절레절레…….

"사는 기 너무 적막하다. 이 펜지를 읽어보이 지난 세월이 진짜 가아맣다……."

"사는 게 다 그렇지 그럼."

나는 조그맣게 대꾸했다.

"그래…… 마, 가서 일해라."

꺼져라 한숨 토하며, 엄마는 주섬주섬 보따리를 쌌다.

문을 닫고, 썰렁한 마루에서 옷을 주워입었다. 베란다 밖, 어렴풋 아침의 알갱이들이 하루살이처럼 윤무하는 듯했다.

강력한 진공청소기에 어둠이 빨려들고 있었다.

주전자가 가열찬 기체를 내뿜었다. 새파란 불꽃에 녹아내리지 않으려고 기를 쓰는 것 같았다. 엉겁결에 손을 댔다, 와락 뒷걸음질쳤다. 주전자는 너무 뜨거웠다.

여섯시 십분. 이십 분 후면, 남편이 일어날 것이다.

쏜살같이 흘러가버리는 시간들. 특히 오전은, 잘 맞은 타구처럼 야수들의 글러브를 비켜 까르르르 굴러가버린다. 위대해지지도, 특별해지지도 못한 나는, 시간과 사소한 성취에 아귀들려 있다. 사람들은 벌써 21세기를 떠들고. 21세기만 생각하면, 티켓을 분실한 느낌이다.

자식이란 아무것도 아니다. 엄마에게 있어 내가, 모든 걸 증명한다.

해기도, 해미도 우연한 자식이었다. 새로운 가족까지 만든 건, 어쩌면 실수였다. 오, 하지만 그렇게까지 말하는 건 뻔뻔스럽다. 나는 남편에게 얹혀 있고, 아이들 힘으로 살며, 엄마는 그런 내 꼬리를 물고, 우리들은 뱅뱅 돈다.

해기가 바꿔놓은 내 인생을 부인할 수 있는가. 젖꼭지를 빠는 세찬 그 힘을 느끼면서, 내 팔레트는 비로소 천연색 물감을 풀어놓기 시작했었다. 하마터면 노란색도, 분홍색도 모를 뻔했다. 세상이 온통 짙푸른 잉크빛뿐인 줄 알았다. 아이들이 아니었다면, 맛있는 김치를 못 담는 게 부끄럽지 않았을 것이다. 애기농지를 따지고, 대보름에 부럼을 씹지도 않았을 것이다. 태극기도 안 샀을 것이다. 그래도 게딱지만큼은, 아버지만큼 정교하게 그려줄 자신이 없다.

컴퓨터 앞.

나는 '남편의 영혼이 하늘로 솟아오른 순간, 내 육신은 땅속으로 파묻혀버린 것 같았다. 나는 철저히 고독하고, 철저히 불행한 여인으로 곤두박질쳤다', 라고 찍었다.

이런 얘기였나? 여왕의 진짜 표현은 이런 것도 아니었다. 그게 뭐였더라.

어젯밤 끊어버린 부분에서 테이프를 되감았다.

되감기, 재생, 다시 되감기. 카페의 잡음. 코를 훌쩍거리는 여왕. 한 번씩 눈물바람을 뽑을 때마다, 화장실에 다녀와 화장을 고쳤다. 눈물과 오줌 사이엔 함수관계가 있다.

"커피 한 잔 더 들래요?"

돌아온 여왕은, 언제나 똑같은 딴청. 그렇게 마신 커피가 다섯 잔이 될 때도 있었다. 토스트에 버터를 바르는 건 질색이었고.

아무것도 칠하지 말고 살짝, 노릇노릇, 바싹하게.

여왕은 어휘도 풍부했다. 하지만 그 토스트가 한 번도 여왕 마음에 든 적은 없었다.

실은 빵을 싫어해. 한국사람이지. 된장국에 우거지가 젤 좋더라, 난. 김 선생은 빵 좋아해요? 이거 더 드실래? 아니, 몇 살인데 먹성이 그래? 이러지 말고 나가서 깔끔한 한식집이나 찾아볼까? 유명한 집 아는데. 내 단골. 가까워. 요 근처. 차로 한 십 분? 아이, 안 되겠네. 지금 몇 시죠? 여섯시에 전화할 데가 널렸어. 다섯시 반까진, 집에다 나를 갖다 놔야 돼. 다음에, 그 집 한 번 꼭 같이 가봐요.

여왕은 끝내, 그 깔끔한 한식집에 나를 데려가지 않았다.

나는 머리를 흔들며, 이맛살을 찌푸렸다. 아무래도, 여왕이 철저히 고독하고 철저히 불행한 여인 같진 않다. 삭제키를 여섯 번 두드려, 두 개의 '철저히'를 지워냈다. 다시 읽었다. 소리내어 중얼거려. 이건 영 맛이 없다. 파이야!

열시가 되자, 미련없이 컴퓨터를 껐다. 엄마는 내가 아침을 차려줄 때까지, 마냥이라도 굶으며 기다릴 작정 같았다. 빛과 어둠을 경계로, 엄마는 소녀와 마귀할멈 사이를 태연히 넘나든다.

아홉시부터 열시 사이, 엄마는 내 방을 다섯 차례 들락거리며 장미를 피웠다. 지금은 혈당이 뚝뚝 떨어진다며, 오렌지 사탕을 빨고 있다. 마지막 한 알의 사탕을 놓고, 식탁 옆에서 해미와 실랑이한다.

“이거는 할매 꺼다. 할매가 이기라도 빨아야 살지, 안 그라면 죽는다. 엄마한테 사탕 사돌라 캐라. 글쎄, 이거는 안 된다이까.”

해미는 방문을 거세게 두드리며, 앙앙 운다.

“엄마 사탕 줘. 엄마 사탕 줘. 할머니, 너 정말 깍쟁이구나. 앙앙…….”

기어코 문을 열고 해미를 안아준다. 나야말로 혈당이 뚝뚝 떨어지는 것 같다. 아이를 안는데, 오른쪽 옆구리가 떨어져나갈 것 같다. 허리의 파멸. 중심의 파멸이다. 기분 나빠. 도대체 몸이 어떻게 된 거야. 해미를 억지로 뜯어내린다. 아이는 내게서 뜯겨나가지 않으려고, 얼굴을 발딱 젖히고 목젖이 보이도록 맵차게 운다. 낙지처럼 찰싹 휘감긴다. 태중 애정 결핍 탓일까. 몸에 지닌 열 달 동안, 임신을 증오했었다. 소리, 아이 엠 소리, 해미.

줄기차게 손가락 빠는 것도, 낙지처럼 찰싹 엉기는 것도 죄 많은 에미 탓 같다.

어제 저녁 낙지전골은 실패였다. 큼직한 낙지 한 마리를 샀는데, 뜨거운 물에 데쳐 내니 한입거리도 못 되었다. 적어도 세 마리는 샀어야 했다. 그러나 오징어보다 낙지가 그렇게 비싼 줄 몰랐다. 부족한 낙지 대신 비엔나 소시지도 넣고, 베이컨도 집어넣었다.

“뭐, 맛있는데?”

남편은 시금털털 웃어주었다.

"난, 식성이 까다롭지 않잖아?"

끝까지 박박 긁어 먹었다. 웃기로 놓은 쑥갓, 변색된 당근, 초생달 모양의 양파까지. 그러나 나는 안다. 그건 낙지전골이 아니라, 고추장찌개에 불과했다. 시모는 왜 아들에게 요리를 가르치지 않았을까. 나는 해기에게 요리를 가르치게 될까. 해기는 배우려 들까. 베이컨에서 배여나온 기름맛은 설상가상이었다. 아이들은, "낙지, 낙지!", 구슬프게 부르짖었다. 뭉클어진 야채 밑을 뒤져 다리 꼬랑지를 하나 찾아냈다. 두 아이 사이에 쟁탈전이 벌어졌다. 요리책에선 그런 꼬랑지는 칼로 쳐 없애라 했다…….

국에 만 밥을 엄마는 급히 밀어넣는다. 밥을 먹는 게 아니라, 숭늉을 훌훌 들이키는 것 같다.

"엄마, 우리 밥 먹고 산보 나갈까?"

불쑥 산보 얘길 꺼낸 건, 내 허리의 통증 때문이었다.

"산보?"

"응, 그냥 걷는 거."

"병원 가는 날인데."

병원. 그건 정말 가기 싫었다.

엄마는 여왕보다 꼭 열 살 많다. 여왕은 운전도, 수영도 수준급이다.

"아정아, 니 병태 알제?"

"병태?"

"와, 국민학교 때 초량서 동광동까지 다니던 아아 안 있나?"

"그런데?"
"카이스트라 카던가……."
"카이스트?"
"응, 그래. 그가 무슨 박사들이 모인 회사가?"
"몰라, 회산지 뭔지. 박사야 뭐, 요새 쌔고쌘 게 박사 아냐?"
"아무튼지 가아가 독일에서 무슨 박사를 해 와가지고 그 취직을 했는데,"
엄마를 바락 노려보았다.
"그런데?"
"아이다, 마. 그마하자."
"그래서?"
"어데, 아무껏도 아이다. 내, 아무 말도 안 했다."
"아무 말도 안 했다구?"
"아이라이까. 그냥, 마, 세상천지, 아들 있는 집은 다 잘 사는 거 같아서……."
입맛이 싹 달아났다.
"그럼 지금이라도 아들 하나 낳아!"
"뭐라꼬?"
엄마 오른쪽 입술이 씰룩 올라갔다. 유난히 비뚤어져 보였다.
어디로든 달아나고 싶었다. 하지만 모든 공간이 꽉꽉 들어차버렸다. 베란다 끝 창고 속조차, 안 쓰는 보행기며 해기의 씽씽카, 헌 액자, 공구 상자 따위로 꽉꽉 채워져 있었다.

엄마는 약을 먹는다.

불쑥, "엄마, 엄마는 약 먹기 위해 살아, 살기 위해 약을 먹어?", 내뱉고 말았다.

엄마는 물을 넘기다 말고, 사래들려 얼굴이 새빨개지도록 된기침을 토했다.

"와, 약값이 아까버서? 내 약이사 내 돈으로 안 사먹나."

물컵을 탕, 내려놓았다.

"병원 가야 된다. 약 다 떨어져간다."

나는 노골적으로 얼굴을 찌푸렸다. 또 콜택시를 부르라는 소리였다. 엄마가 이 동네에서 이용할 수 있는 교통수단은 남편의 승용차와 콜택시뿐이었다. 이상하게 이 동네에선, 종일 보통 영업용 택시는 눈에 띄지도 않았다.

버스를 타자고만 들면, 엎어지면 코 닿을 데 마을버스며, 텅텅 빈 좌석버스 정류장이 있긴 했다. 이 주일 전, 딱 한 번 그 짓을 시도했을 때였다.

버스를 타기 위한 운신이라고 느낀 순간부터, 엄마는 낙상할 것처럼 허둥거렸다.

"운동화 신어."

"내사 마, 안 갔으면 안 갔지, 운동화 신고는 밖에 몬 나간다. 조깅하나? 운동화 끄질고 병원에 가봐라. 의사들도 업수이 보고 괄세한다."

약간 불편한 왼쪽 다리를 끌면서, 해미를 안은 내 팔에 체중을 실어왔다. 엘리베이터 속에서도 말 한마디 하지 않았다. 입술을 앙 다물면, 오른쪽 입술 끝이 확실히 비뚤어져 보였다.

니가 아들만 같았어도 내한테 이랬겠나…….

그 입술은 그렇게 말하고 있었다.

"내 머리 안 이상하나? 잠깐 미장원 쫌 들렀다 가까?"

어이없다는 듯 웃고 말았다.

하지만 그 웃음 때문에 정말 화가 났던 건지, 정류장에서 꾹꾹 눌러온 분을 터뜨렸다.

"이놈의 동네는 와 택시도 없노. 문디, 썩어빠진 동네다. 택시 불러라, 택시. 택시값 내가 내면 될 거 아이가?"

"왜 이래, 차 금방 올 텐데……."

"내는 이래 몬 서 있는다. 내가 어데 보통 사람가? 병자 아이가."

엄마가 '병자' 하면, '벵자'처럼 들렸다.

"도대체 얼마나 서 있었다고 그래?"

"얼마고 뭐고, 일 분 일 초도 더는 몬 서 있겠다."

어깨에 매달린 해미가 그런 엄마를 물끄러미 보며 엄지 손가락을 쪽쪽 빨았다.

옥신각신하는데 버스가 왔다. 엄마는 비교적 높은 편인 발판을 디디면서, 아스팔트 바닥으로 나가떨어질 뻔했다.

"세상에, 무슨 발판이 저래 높노, 아아들은 우째 타라꼬. 이 버스 누가 만들었노. 이래 해놓고, 요금을 천원씩이나 받아묵나. 말도 안 된다. 구청장을 갈아치우든가, 시장을 갈아치우든가 해라. 지방자치는 뭐하노. 이 동네 사람들 참 순하다."

전용버스처럼 텅텅 비었지만, 엄마는 직전의 성화에 대

해 조금도 겸연쩍어하지 않았다. 운전석 뒤 둘째 열에 재빨리 엄마를 앉혔다. 우측 둘째 열 승객 두엇이 우리를 힐끔거렸다. 엄마는 손가방에서 손수건을 꺼내, 눈물까지 훔쳤다. 차는 빨리 달렸다. 급정차에 급출발. 그때마다 몹시 요동하며, 엄마의 심기를 자극했다.

"이 차, 이거 와 이라노. 사람 잡겠다. 이러이 우째 사고가 안 나겠노. 무슨 운전이 이렇노."

버스가 한 차례씩 갈지자를 그릴 때마다, 도끼눈을 뜨고 운전사의 뒤통수를 부라렸다. 마침내 내릴 때가 되었지만, 차가 완전히 멈춰설 때까지 자리에서 꼼짝 않았다. 성마르게 손짓하자, 급히 일어나 몸을 틀다가 보기 좋게 주저앉고 말았다.

"빨리 내려요, 빨리 내려!"

매섭게 생긴 운전사가 빼락 소리를 질렀다.

길바닥에 한 발을 디딘 순간, 식은땀이 끼칠 지경이었다. 푸르죽죽하게 빛이 꺼진 엄마는 그래도 기가 죽지 않고, 번갯불처럼 달려나가는 버스 꽁무니를 향해 언성을 높였다. 나는 흥건히 괸 쓰디쓴 침을, 가로수 뿌리를 덮은 쇠창살 위로 퉤액, 뱉었다. 저런 사람은 아니었는데.

그러나 거기서 병원까지는, 블록의 끝까지 곧게 내려가 맞은편으로 신호대를 건너야 했다. 해미까지 데리고, 너무 까마득했다.

그때부터 엄마 앞에서 좌석버스 말 같은 건, 꺼내지도 않았다.

"차비 내가 댄다."

병원 갈 때마다 콜택시를 부르라고 애기처럼 보챘다.

"불렀나. 아직 전화 안 했나? 그라다가 택시 다 떨어지면 우짤라꼬? 이 동네 콜택시는 넘쳐나는가?"

어서 부르지 않는다고 끝간 데 없이 독촉을 했다. 막상 호출이 되면 어서 안 온다, 나갈 때 안 됐나, 도착하면 인터폰은 하는지, 전전긍긍, 쩔쩔매면서 좁은 마루를 헤집고 다녔다.

"마, 속이 타서 몬 살겠다. 차가 와 이래 안 오노. 몇 시라 캤노. 이십분? 아, 이십분이라 캤나? 나는 또 십분인 줄 알았다. 알았다, 마, 신경질 좀 내지 마라. 와 이래 에미한테 범같이 달라드노."

마침내 콜택시가 왔다는 경비실 인터폰이 울리기도 전에, 우리는 이미 파김치처럼 지쳐, 불쾌한 낯빛으로 서로를 싱그러워했다.

솔직히 내 속엔, 아버지를 닮은 노랭이도 숨어 있었다. 실은 그 콜택시 값이 아깝기도 했던 것이다.

나는 고집을 세워, 엄마를 바깥으로 끌어내었다.

"엄마한텐 병원보다 걷는 게 약이야. 병원, 내일 가자."

"그라믄 그라지 뭐……."

해미를 앞세우고, 무조건 집을 나섰다.

앞산 능선에서 따갑게 반짝거리던 황금 빛살이 중천으로 이동했다. 우리는 두 개 아파트 단지 사잇길을 걷고 있었다. 감기 기운인가, 코끝이 찜찜했다. 가랑잎을 쓰는 바람도 예사롭지 않았다. 며칠 상관에 시월과 십일월의 경계가 뚜렷했다.

"아이갸, 칩다."

기우뚱 따라오던 엄마가, 낭패스럽다는 듯 소리쳤다. 우회적으로, 나를 책망하는 소리였다. 하지만 못 들은 척, 앞으로 걸음을 몰았다.

나무 밑둥을 수반처럼 에두른 단풍잎 무리가 애잔하게 붉었다. 저 앞, 빨강머리 앤처럼 야윈 느티나무들도 붉게 물들었다.

홀연, 스산해졌다.

흐림이 갑자기 찾아오는 날이었다. 능선을 태우던 황금띠는 돌연 사라지고, 산은 불시에 반투명한 비닐을 뒤집어 쓴 것처럼 희뿌애졌다. 먼지 입자 같은 안개 덩어리가, 산중턱에서부터 걸쭉한 스프처럼 흘러내렸다. 우중충한 하늘을 뚫고, 박쥐망토를 펄렁이며 배트맨이 출몰할 것 같았다. 가을의 영명한 부분이 꺼지자, 가랑잎 덤불도 삽시간에 붉은 채도를 잃어버렸다.

아차, 신문 일일운세에, 동북쪽으로 가면 낭패를 당한다 했다. 내가 걷는 방향이 꼭 동북 같았다. 엄마는 뒤로 자빠져도 코 깬다였고, 남편은 손재수를 당한다였다.

하지만 이미 집과는 꽤 멀어졌다. 예상대로 해미는 안아 달라고 칭얼거리기 시작했다. 점차, 우리와 멀어진 엄마도 끊임없이 무어라 궁시렁거렸다. 그러나 그런 두 사람과 나 사이에 두터운 안개가 내리덮인 듯. 나는 내 허리의 통증만을 과도하게 의식했다.

아이의 요구를 묵살하고 화가 난 듯 앞만 보고 휙휙 걸었다. 열 걸음쯤 앞서 갔을 것이다. 그 열 걸음 뒤에서 해미는 땅바닥에 붙은 듯 꼼짝도 하지 않았다. 내처 걸을까. 잠시 애를 끓이다 어쩔 수 없이 몸을 돌렸다. 시선을 깔고, 아이만 보면서 똑바로 되돌아갔다.

안아주기 위해 주저앉았을 땐, 정말로 허리가 끊어지는 것 같았다. 아픔 때문에 너무 짜증이 났다. 야멸차게 해미를 나무라며, 호되게 볼기짝을 내리쳤다. 누가 볼지 모른다는 생각도, 그 순간엔 들지 않았다. 그러나 두툼한 바지 때문에, 조금도 아프지 않을 거란 생각이 때리는 순간에도 들었다.

와락 안아올렸다. 그러나 아이도 좋았을 리 없었다. 해미는 앙칼지게 울음을 터뜨렸다. 왜 때려? 엄마 나빴다, 앙앙……. 그런 아이의 입을 가리며, 더욱 으스러지게 껴안았다. 그 버둥거리는 사지와 등과 앙가슴이 짓눌려 아플 거라는 느낌이 들 때까지. 너무 미울 때, 나는 아이를 더욱 왁살스럽게 껴안곤 한다. 두고 봐라, 나중에 꼭 이 사실을 너에게 증언한다. 나는 너무 아프지 않도록 강도를 조절하며, 내 이마를 아이의 이마에 콩콩 찧어댔다.

그때 퍼뜩, 이상한 기척이 느껴졌다. 흐트러진 머리를 들고, 저만치 시선을 굴려보았다. 이미 엄마와는 상당히 벌어진 거리였다. 엄마는, 조경용 모래무덤이 쌓인 보도블록 아래로 쭉 미끄러진 것 같았다. 땅바닥에 얼굴을 댄 채, 깊게 엎어진 모양으로, "아정아, 아정아…… ", 구슬프게 부르짖고 있었다.

갓 뎀.

울건 말건 해미를 내려놓았다. 이번엔 아이도, 필사적으로 내 뒤를 좇아 달렸다. 엄마 머리에 모래알이 다글거렸다. 왼쪽 볼 위가 화상을 입은 것처럼 벌겋게 갈려 있고, 오른손은 전혀 움직일 수 없다고 엎어진 채 울먹거렸다.

"누가 여다 모래를 갖다 놨노. 살살 돌아간다고 가는데, 해미가 우는 바람에 그거 본다고, 발밑이 쭉 미끄러졌다. 이 모래 이거 누가 이랬노. 어느 놈의 작잔지, 찾아서 고소를 하등가……."

엄마는 상기된 얼굴로 분과 낭패감을 삭히지 못했다. 어항 밖으로 동댕이쳐진 금붕어처럼. 언젠가, 어항에서 나 몰래 금붕어를 꺼낸 해미는 무려 십여 분 간 그 가련한 물고기를 마룻바닥에 방치했었다. 해미는 고작 세 살이라지만.

"이, 얼굴 좀 봐라. 다 안 갈았나? 얼굴 못 쓰게 됐제?"

금세 뚱뚱 부어오른 오른쪽 손목보다 살짝 갈린 듯한 얼굴의 상처가 더 신경쓰여 못 견디는 눈치였다.

그냥 병원이나 갈걸.

한 시간에 걸친 얼음 찜질은 아무 소용 없었다. 압박붕대 꼬리가, 실뱀처럼 마루를 기고, 바셀린 거즈 냄새가 진동을 했다. 해미가 반쯤 녹은 얼음통을 차버려, 마루는 물바다가 되었다. 가벼운 상처는커녕, 시간이 갈수록 중상이라는 생각을 떨칠 수 없었다.

한 시간 후. 나는 콜택시 주식회사라고 쓰여진 명함을 찾아냈다. 전화기 번호판이 찌그러지도록 꾹꾹 눌렀다.

엑스레이 결과 한 달 간 깁스를 요하는 손목 골절이었다. 뼛국을 끓이고 부산을 떨었다. 훈증의 도가니 같은 냄비 뚜

껍을 들어낼 때마다, 소의 물렁뼈 같은 나의 시간이 뜨거운 냄비 속에서 흐물거렸다.

그러니까 그날 엄마는 기어코 콜택시를 탔던 것이다.

10. 마요네즈

엄마가 깁스를 떼어낸 며칠 후, 치과에 갔다.

찬 것이 닿을 때마다 어금니가 소스라친 지는 석 달도 넘었다.

입술만 뚫린 흰 수건이 얼굴을 뒤덮었다. 갈고리 같은 마취주사가 잇몸 속을 쑥 파고들어왔다. 낚싯바늘에 걸린 물고기가 돼버린 것 같았다.

부식된 어금니를 드릴에 맡긴 내내, 머릿속에선 대기실 벽면에 붙어 있던 충치 화보가 춤을 추었다. 검은 화살표 모양 갈고리를 든 새까맣고 깡마른 치충들이, 위악적으로 낄낄거리며 치아를 파헤치는 그림이었다.

"이런, 손상 부위가 너무 깊고 넓습니다."

충치박멸!

치충만큼 작아진 내가, 치충들과 몸싸움을 하는 장면이 그려졌다.

내과로 뛸 차례였다. 잇몸 마취로, 입의 반쪽과 콧등의 절반까지가 내 얼굴 같지 않고, 하악부는 절름거리는 느낌이었다.

"오, 혹시 임신 아녜요? 검사 한번 해볼까요?"

중년의 여의사는, 자상하게 떠보듯, 여러 종류의 검사들을 제안했다.

"엊그제 생리가 끝났는데요?"

"생리통은 없어요?"

"별로……."

소변검사 결과를 본 뒤, 왼쪽 팔에서 혈액까지 뽑았다. 주사기를 채운 혈액이 김붉은 막대사탕 같았다. 여의사의 젖무덤 아래서 달랑거리는 청진기가 부럽게 쳐다보였다. 아버지는, 언젠가 나도 이런 청진기를 걸고 진료실에 앉아주길 바랐다.

"그럼, 당뇨도, 신장염도 아니고…… 너무 무리했군요. 방광염으로 인한 요통 같아요. 주사 맞고, 약 이틀치 드릴게요. 다 먹고, 목요일에 다시 나오세요. 절대 무리하지 말고."

무리라, 무리하지 말라…….

항생제 주사가 너무 아팠다. 엉덩이뿐 아니라, 엉덩이를 통해 허벅지와 발목, 발바닥 중심까지, 자극이 관통되는 아픔이었다.

텅 빈 버스를 탔다. 차가 어딘가, 세상의 끝으로 나를 실어다주었으면. 하지만 그런 욕망을 품는 것조차 낭비였다. 매일 아침 눈을 뜨면, 어제와 똑같은 막다른 골목. 삶 전체가 무리였다.

무리를 하지 말라니. 마치 이제부터 살지 말라는 소리처럼 들리는군.

"국가가 인정하는 자격증이 있어야 된다."

그러나 정작 라이센스가 필요했던 사람은, 아버지 자신이었다. 아버지는 불법 주사의 명수였다. 어릴 땐 단지 명수라는 어감에 흥분됐었다. 주사를 맞을 때마다 아버지에 대한 부채감에 사로잡힌다. 엄마 말대로, 살아 있는 엄마는 팽개치고서.

세 자매 중 하나라도 합법적으로 주사기를 잡았다면.

엄마가 애정 결핍을 호소할수록, 아버지 생각이 났다. 그가 나쁜 아버지였을수록, 오히려 그랬기 때문에 더 가슴이 에이었다. 엄마는 그 나쁜 아버지보다 더, 내 애정을 받을 자격이 없어 보였다. 나는 진심으로 아버지 영혼이 근심되었다.

하느님, 제발 아버지를 벌 주지 마소서.

죽음의 신비스러운 힘이었다.

내겐, 아닌 것을 끝까지 아닌 것으로 덮어둘 집요함이 없었다.

삼 년 전.

아버지가 쓰러진 후 구 개월 동안의 엄마는 내게 거의 사람으로 보이지 않았다. 자꾸만 괴롭게 플레이 백 되는 기억의 어떤 점은, 돌아가시기 오 개월 전.

타는 여름. 해미도 태어나기 전, 친가에 해기를 맡기고 직장에 다녔던 무렵이었다. 휴가를 맞아, 보너스를 쥐고 아버지가 누운 집을 찾아갔었다.

아버지가 병원에 있었던 기간은 고작 스무 날 정도였다. 똥을 한 무더기 싸지르며 안방에서 넘어간 아버지를 엄마는 만 하룻동안 방치해 두었다. 너무너무 무거워서였다. 그 사이, 아버지의 뇌혈관을 가로막았던 혈전은 영원히 딱딱하게 굳어버렸다. 영혼이 방황하는 것도, 그 혈전 때문은 아닐까. 그 아버지를 병원으로 옮긴 사람은, 이튿날, 처가로 날아간 남편이었다.

"엄마, 어떻게 앰뷸런스도 못 불렀어?"

나는 전화로 성화를 부렸다.

"앰뷸런스? 이 동네는 골목이 좁아서, 그런 차도 몬 들어온다."

아버지가 너무 크고 무거워서 골목을 빠져나갈 수 없었다고 하지 않아, 차라리 다행이었다. 엄마의 무능력함에, 일종의 쇼크 상태에 빠졌다.

퇴원은, 그 무능력했던 엄마의 강력한 의지였다. 실은 세 자매 모두에게 더이상 아버지의 생명를 지킬 의지도, 능력도 없었다. 끔찍했다. 아버지는 우리들 없이도 쓰러진 엄마를 되살려놓을 수 있었는데, 엄마는 우리들이 도와도 폐인이 된 아버지가 어서 죽어주기만을 바랐다.

"아무 가망도 없고, 병원이라 카는 거는 낫아주지도 않고 돈만 처먹는다. 무다이 목이나 찢어놓고, 그기 다 입원을 오래 시킬라 카는 수작이란다. 은행에 잔고도 얼마 없고, 이라다가는 내가 먼저 죽는다. 내꺼정 죽어 자빠지면, 느그가 그 치다꺼리를 우째 할 끼고. 마, 퇴원을 시킬란다."

그로부터 엄마는 매일 돈이 없다 울먹이며 전화를 했다. 엄마에게 아버지란 철천지 원수고, 끊임없이 받아내야 했던 대소변 치다꺼리는 구역질나는 고통일 뿐이었다. 어느 순간부턴 그 짓조차 하려 들지 않았다. 우여곡절 끝에 고용한 간병사 아줌마에게 모든 걸 맡겨버렸다.

그 여름 내가 들어섰을 때도, 엄마는 마루에 나와 있었다.

"이것 봐라, 집구석이 개미새끼 천지다! 이놈의 개미새끼를 우째야 되겠노? 문디, 썩어자빠질 집구석을 세는 와 놓아가지고, 남의 양주나 잡아묵고……."

한편으로 아버지가 그렇게 쓰러진 건 이사를 잘못 해서라고 믿고 있었다. 점포 자리는 세를 주고, 거처할 집은 세를 얻어 엄마, 아버지도 두어 해에 한 번씩 변두리로 밀려다녔다.

나를 보자 엄마는, 대뜸, 마루를 훔치던 걸레를 발등으로 집어던졌다. 탑탑하고 후덥지근한 더위가 온 집에 끈끈히 배여 있었다.

"앞일이 막막하다. 우짜면 좋겠노?"

"……."

"선풍기 앞에 가서 바람 쐬라. 문디선풍기, 바람이 참지도 않다."

나는 무뚝뚝하게 신을 벗고, 턱이 훌쩍 높은 마루를 딛고 올라 소파에 걸터앉았다.

"아버지는?"

"아버지? 아버지가 와?"

호전적이었다. 잔정이 많은 엄마가 오랜만에 보는 사람을 결코 그렇게 대하는 법은 없었다. 더구나, 내게라면. 그 음산한 태도 때문에, 못 올 데를 온 것처럼 불안해졌다.

"에이, 씨발!"

엄마는, 마루 구석, 꽃 진 군자란이 잎새를 늘인 화분으로 걸레를 집어던졌다.

그런 막말을 하는 사람도 아니었다. 배움은 지극히 짧았지만, 평생 좋은 소설을 베갯머리에 끼고 살았다. 콜린 맥컬로우의 '가시나무새', 하퍼 리의 '앵무새 죽이기'를 시드니 셸던 윗길에 둘 줄 알았고, 프랑소와즈 사강도 읽었지만 박경리의 '토지'를 제일로 쳤다.

"몇 번을 읽고 또 읽어도 이만한 기 없다. 이 여자는 우째 이리 소설을 잘 쓸꼬……."

그런 엄마의 영혼이 거의 전락했다는 느낌만 들었다. 그날도 나는 엄마에게 선물할, 신인작가의 두 권짜리 장편소설을 가방에 쑤셔넣고 갔었다.

"세상만사, 마, 다 꼴 뵈기 싫다. 저 원쑤는 와 죽지도 않고, 낼로 이래 복장을 디빌꼬. 저 귀신이 낼로 먼저 잡아묵을 끼다."

원귀 같은 사위스러움이 형형했다.

"들어가봐라, 마. 방에 안 눕었나? 알아보기나 하겠노마는."

엄마는 네 발로 엉금엉금 기어 군자란 잎새에 걸린 거무튀튀한 걸레를 걷어냈다.

"집구석 치우기도 싫고, 일도 딱 싫다. 밥 세 끼 그거 안 묵으면 안 되나. 인간이 밥 세 끼 묵어야 되는 거, 그거 조물주가 실수한 기다. 아들이라도 있었으면 며느리라도 봤제. 며느리 봤으면, 내가 이 지경으로 손에서 일을 몬 놓겠나?"

"며느리가 파출부야?"

"그라믄, 며느리가 일 안 하고 뭐할 끼고."

"무슨 소릴…… 엄마 딸들도, 그럼, 파출부 되면 좋겠어?"

주변머리없이 시비를 걸었다.

"내 딸들이사 다르제…… 내 딸들이사,"

단숨에 엄마를 무시하는 빛이 가차없이 떠올랐다. 오랫동안 엄마를 업수이 여겨온, 그 무엄한 시선을, 엄마는 퍼뜩 외면했다. 나중에 생각하니 그런 땐, 언쟁 대신 걸레나 집어드는 거였다.

"마음 같애서는, 독약을 털어먹고 탁 죽고 싶다. 저놈의 귀신. 내 같았으면, 밥을 딱 안 받아묵고 팍 죽었을 끼다. 밥은 삼시 세 때, 우째 그리 꾸역꾸역 잘 처받아묵노."

독약을 털어넣고 탁 죽길 바란 건, 그러니까 엄마가 아니라 엄마의 남편이었다.

"좀 어떤데?"

"궁금하면 가서 보라믄. 백문이 불여일견 아이가?"

백문이 불여일견?

나는, 씁, 웃고 말았다.

그때 안방문이 벌컥 열리며, 불은 손에 걸레며, 방 빗자루를 쥔 작달막한 몸집이 오종종 걸어나왔다. 주름이 쪼글쪼글한 얼굴이, 성탄극 배우처럼 활짝 웃었다.

"내 주를 가까이 하려 하니……."

찬송가를 흥얼흥얼.

"아이고, 큰따님 왔네. 이래 더운데 우찌 왔노. 퍼뜩 들어가보소. 한숨 주무셨거든. 막 깨셨다."

아줌마는 언제나 산타클로스 같았다.

남서향 창에서 뜨듯한 훈풍이 밀려들고 있었다. 들이치는 햇살에, 방은 또렷이 이등분돼 보였다. 오른쪽은 밝은 미색이 눈부셨고, 왼쪽은 삼월의 응달처럼 채도가 낮았다. 그 그늘진 곳에, 경대 쪽에 발치를 둔 폐위된 왕의 이부자리가 단정히 깔려 있었다.

누런 삼베 요자리 위에, 큼직하게 누운 아버지의 몸집이, 꿈찔했다. 벌에 쏘인 곰처럼, 우람한 것이 예리하게 요동치는 광경은 그 자체로 서글펐다. 기척을 느낀 아버지가, 베개를 덮은 수건을 흐트러뜨리며 좌우로 고갯짓을 했다. 그러고 보니 아버지 오른쪽에도 작은 창 하나가 뚫려 있었다. 하지만 종일토록, 햇빛이 단 한차례 쓸어주지도 않는 침침한 구멍이었다. 불안하게 흡뜬 눈동자가, 이리저리 휘번득거렸다.

"아버지."

언제나, 아버지, 하고 나면 할말이 없었다.

나는 우물쭈물하다가, 머리맡의 물수건을 집어들어 아버

지 이마의 번들거리는 때기름 같은 걸 한 번 훔쳐주었다. 그 차가운 감촉 때문에 아버지는 더욱 교란된 것 같았다. 곁을 파고드는 인간이, 딸 같다는 느낌은 받은 듯했다.

"내가, 누구예요?"

그 말을 꺼내는 데도 혀가 말랐다.

"아, 아, 아, 아라……."

풀어진 눈시울을 타고 눈물이 번져 흘렀다. 얼마나 이렇게, 많이 울었던 걸까. 나를 분명히 알아보는 것은 같은데, 힘겹게 빠져나온 건 아라의 이름이었다.

아라를 몹시 기다렸던 걸까.

육 년 전 내가 결혼을 하면서, 아라는 줄곧 버려진 아이처럼 홀로 살아왔다. 공부라는 몽환과 살림을 차린 채, 깨알 같은 글자들 밑에 노란 형광펜으로 밑줄만 긋고 살았다.

아라를 버리고 남편과 합치면서, 나는 '그해 겨울은 따뜻했네'의 수지의 심정이었다. 하지만 그때는 아라조차, 내겐 부담스럽고 떠나버리고 싶은 낡은 가족의 일원이었을 뿐이다. 너저분한 용달 트럭에 옷가방과 새살림 집기를 실어 나오면서, 아무리 위악적으로 마음을 다잡아도 냉정해질 수 없었다. 자꾸만 눈앞이 흐려지면서, 가슴속에서 뜨거운 뭉치가 치받혔다. 무심코 결혼을 결정했을 때만 해도, 아라를 떠나는 일이 그토록 힘들 줄은 몰랐었다. 나는 되우 신경질을 냈고, 남편은 느닷없이 물벼락을 뒤집어쓴 것처럼 어리둥절해했다.

그때. 나는 다시는 가족 같은 것은 만들지 않겠다고 결심했다. 비록 남편이 곁에 있었지만. 그 남편과 가족 따윌 만들 생각은 없었다. 아주 먼 외딴 곳으로, 외로운 두 사람이 숨구멍을 찾아 피신하는 것일 뿐이라고 애써 견강부회했다. 하지만 어이없는 착각이었다. 버리고 떠난 남루한 가족 대신, 나는 그때껏 경험한 적이 없는, 아주 생소하고 뿌리 깊은 대가족 속으로 콸콸콸콸 휩쓸려 들어갔다. 대가족의, 그 걷잡을 수 없는 공기는 숨이 막혔을 뿐만 아니라, 전통이 깊고, 기름졌다. 너무 유들거리고 흡착력이 강해서, 세상의 어떤 칼로도 끊어낼 수 없었다.

신혼 삼 개월째 아라와 살던 자췻방을 찾아갔을 때, 내 심정은 만신창이 되었다. 아라는 거의 먹지도 않고, 차디찬 방골에 이불을 쓰고 모로 누워, 끙끙 앓으며 책에 밑줄만 긋고 있었다. 찬장 밑과 고무대야 옆엔 며칠 묵은 설거지 그릇이 첩첩 쌓여 있고, 그릇 바닥마다 응고된 라면 국물에 스프가루와 뒤섞인 국수 오가리가 멋쩍게 엉겨붙어 있었다.

내가 사라진 자리에 책들만 엉망으로 늘어나 있을 뿐. 머리맡 왼쪽 모서리에 쌓아둔 신문지엔 새까만 먼지가 섬유더미처럼, 스크럼을 짜는 중이었다. 어찌나 북받치던지, 위태롭게 층을 이룬 책 무더기를 한발길에 무너뜨려버렸다.

"이놈의 책이 원쑤다, 원쑤!"

"그냥 둬. 서글프게 왜 이래……."

하긴 치우고 정리한다는 게 무의미한 방이었다. 그 일 년 전, 장마에 찢겨져내린 천장벽지에 불쑥 눈이 갔다. 박쥐 나오는 동굴처럼 시커멓게 뚫린 천장골을, 하얀 도배지로 막아준 사람이 바로 남편이었다.

"괜찮을 거야. 이제 걱정하지 마."

아마 그날의 감격 때문이었을 것이다. 내가 맹목적으로 아라를 떠나 남편과 합치기로 결심했던 건.

어린 시절, 아라를 시샘했던 마음이 스산스럽도록 가책되었다. 세 자매 중에서, 아라는 온 동네가 알아주는 '약국집 예쁜이'였다. 글짓기를 잘해 아버지 표현을 빌리면, 세 자매 중 유일하게 '국가가 인정하는 상'도 탔다. 그때 부상으로 받은 문교부장관의 괘종시계는 아직도 집안의 가보였다.

어린 마음에도, 나중에 아라는 모나코의 공주처럼 호화롭게 살거나, 김활란 같은 대학총장이 될지 모른다고 암암리에 시샘을 불태웠다. 어린 아라의 꿈도, 이십세기에도 여전히 왕족인, 유럽 공국 왕녀들의 삶에 맞닿아 있었다. 그 왕족들의 이름엔 가끔씩 이란 팔레비 왕가의 알파벳이 섞일 때도 있었지만, 대부분은 자존심을 지켜 유럽권역을 벗어나지 않았다. 필립, 앤, 마가렛 정도야 내 수준이었고, 아라는 그때의 내가 선뜻 흉내내기조차 힘든, 어렵고 이상한 발음의 공주며 왕들의 이름을 줄줄 꿰고 있었다.

"무슨 왕이 이렇노? 이것도 왕이가?"

아라가 약국에 쌓여 있던 주간지 컬러화보에서 오려낸, 흰 전용요트를 타고 거의 벗다시피한 비쩍 마른 사내를 가리키며 나는 얼뜨게 묻곤 했다. 그렇게 현대적이고 권위 없는 차림의 왕이, 무슨 왕인가 싶었다.

"무슨 소리 하노. 요새는 왕들이 얼마나 최첨단인데. 이 사람들이 다, 피에르가르댕, 지방시 단골들이다."

피에르가르댕? 지방시란 건 어느 지방 이름인지?

"지방시?"

나는 피아노만큼이나, 유행이나 시류엔 뒤처진 아이였다. 아라는 얄밉도록 귀엽게 볼우물을 파며, 무식한 나를 깔깔거렸다.

그러나 삼십을 넘어선 아라의 현실은 너무 막막했다. 화려한 귀족주의를 헌신짝처럼 팽개치고, 관념적 지식인으로 전향한 정신적 변모만큼. 아라는 아직 그 공주들의 이름을 기억하고 있을까. 집안의 궁기는 현란했던 재색을 퇴색시켰다. 특히 홀로 지쳐가는 삼십대라는 나이가, 모든 걸 탁하게 뒤섞어버리는 비커처럼 아라의 특수성을 삼켜버렸다.

"아라가 보고 싶어요?"

아버지는 그렇다는 뜻으로 고개를 끄덕이며, 주루룩 울었다.

다시, 침묵이 소리없이 가라앉았다. 나는 방안을 찬찬히 뜯어보았다. 언제, 어디로 이사를 해도, 엄마, 아버지의 방에 고여 있는 느낌은 항상 일정했다. 새로움이 있다면, 이 부자리 두 귀퉁이에 얌전히 자리잡은 성인용 대형 기저귀며, 약솜과 연고 따위, 작은 주전자와 물컵, 약봉투가 자아내는 병실적인 느낌 정도였다.

하지만 그런 것들도 따지고 보면 내겐 아주 익숙한 풍경이었다.

어려서부터 약에 에워싸여 살았었다. 삼면 진열장을 꽉꽉 채우다 못해, 진열장 위까지 헤모글로빈이나 증류수 같은 링겔주사약 박스와 탈지면 박스 따위가 숨막히게 들어차 있었다. 조제실 짙은 갈색 약병 속의 색색 당의정과 가루약의 분량을 재는 귀여운 천칭, 거울처럼 반짝이는 철제 핀셋이며 사각거리는 매끈한 가위, 약을 덜어내는 길죽하고 골이 얕은 철제 스푼이며, 눈처럼 소복히 쌓인 새하얀 정사각 약지들의 청결함. 그것들은 세상의 모든 오염으로부터 분리돼 보였다. 그 한쪽 구석, '독극물'이라는 새빨간 딱지를 붙이고, 사철 자물통에 갇혀 있던 독약 상자는 두렵지만 유혹적인 금단의 궤짝이었다.

선풍기 풍향이 잘못 가면, 난분분한 흰꽃송이처럼, 새하얀 약지들이 허망하게 나부끼며 우수수 떨어져내렸다. 약갈이용 새하얀 사기볼과 첫눈을 뭉쳐놓은 것 같은 청백색 사기방망이는 훔치고 싶도록 탐스러웠다. 나도 아버지처럼, 진분홍 정제 몇 알을 떨어뜨려, 뽀얀 분말이 되도록 돌돌 갈아보고 싶었다. 조제실 안쪽, 날마다 흥건히 배어 번지던, 싸아한 크레졸 냄새가 아직 손가락 끝에 배여 있는 듯했다.

나는 약들에 대한 아련한 추억에 젖어들었다.

흰 가운의 관리약사 언니에게 그 새하얀 약지를 얻어 와, 아라, 아영에게 약을 지어주곤 했다. 처방전 노트 뚜껑엔, "모든 환자는 남포약국으로 오시오", 라고 썼다. 주로 사탕, 조그만 비스켓, 초콜릿을 분지른 조각 따위가 나의 처방전이었다. 아영인 아무걸 싸줘도 좋아라 했지만, 아라는 늘 초콜릿 조각이 아니면 낫지 않는다고 고집을 부렸다.

그러고 보니 온방에 약내가 진동하는 것 같았다. 안티푸라민의 싸아함 같기도 했고, 공복에 맡으면 토기가 치받히는 강렬한 크레졸 냄새 같기도 했다. 수은이 든 빨간 머큐

로크롬으로 손등에 일곱 개의 별을 찍었던 시절. 나는 크레졸 용액에 손을 씻던 물살을 따라, 아래로, 아래로 고즈넉히 흘러갔다.

왜 이렇게 아늑할까. 그 묵고, 낡은 정겨움이 문득 징글맞았다. 이런 종류의 아늑함 때문에, 사람은 수렁에서도 익숙해진다.

눈을 감은 아버지는 잠든 사람 같았다. 그때, 퍼뜩 생소한 물건 하나에 눈이 갔다. 익숙한 낡음들에 둘러싸여 숨이 멎을 것 같던 나로선, 그 묘해 보이는 자그만 물체가 신선하기까지 했다.

그것은 요령이었다.

쥐고 흔들면 딸랑딸랑 소리를 내는 물건.

하지만 그런 요령이 이 방에서 무슨 쓸모를 갖는단 말인가. 추억으로 헐클어진 마음엔 아무것도 짚이는 게 없었다. 소리를 내지 않으려고 주의하며, 놋쇠 빛깔의 조그만 울림체를 들어올려 보았다. 방울은, 그 미미한 떨림에도 자르르르 소스라치며 울림을 자아냈다.

"뭐꼬?"

엄마가 와락 문을 떠밀며 튀어 들어왔다.

"뭐신데? 뭐가 딸랑딸랑 안 했나?"

어느새, 하얀 세수수건으로 머리카락이 흘러내리지 않게 이마 위를 야무지게 싸맨 모습이었다. 얼굴엔, 지르르 기름기가 번들거렸다. 오른손 검지손가락이 옷에 닿지 않게 신경쓰는 눈치를 잡고, 나는 그게 콜드크림이란 것을 알았다.

"이게 뭐야?"

방울을, 딸랑, 흔들어 보였다.

"니가 그랬드나?"

실망하는 기색이 역력했다.

"뭐기는, 방울 아이가? 니가 흔들었드나?"

엄마는 얼굴을 찌푸리며, 등을 돌리려 했다.

"아이다, 참. 그기 아이네. 이기 뭐꼬? 똥냄새 아이가?"

엄마의 얼굴이 새벽공기를 마신 흡혈귀처럼 일그러졌다.

"냄새?"

"모르겠나? 냄새가 이리 진동을 하는데, 이 더븐 데 감기하나, 이 냄새를 못 맡고. 저 더러븐 놈의 손이 또 방울도 안 치고 똥 쌌는갑네. 아이고, 참, 기가 찬다. 미치고 팔짝 뛰겠다. 그만치 귀가 닳도록 씨부리대도, 귓구멍까지 틀어 맥힜는갑다."

얼굴이 금세 시뻘겋게 달아올라서 발바닥을 탕탕 굴렀다.

"아줌마, 아줌마. 여, 퍼뜩 좀 와 보소. 또 일 쳤네. 이 난리를 우짤꼬. 이리 분통이 터져서 내가 명대로 살겠나. 저놈의 손. 독약을 콱 처먹고 뒈지삐라. 보소, 마, 다리 좀 들어보소. 다리 좀 들어보라 카이!"

벌컥 다가온 엄마는 다짜고짝 아버지 허벅지를 철썩 내리쳤다.

"세상에, 몸이나 가볍나. 낼로 우찌 하라고. 다리 한짝이 천근만근이다, 천근만근. 내는 몬 산다, 마."

엄마는 발목을 들었다간 도로 패대기친 후, 아버지의 몸을 옆으로 굴려보려 했다. 그러나 기우뚱 엎어질 듯했던 아버지의 몸은 제자리에서 꼼짝하지 않았다. 그 세찬 타격감과 퍼부어지는 모욕에, 아버지는 번쩍 눈을 떴다. 한순간에 어찌나 부릅떴는지, 눈을 뜬 게 아니라 몸을 벌떡 일으킨 듯한 느낌이었다. 노여움에 떠는 아버지의 거대한 그림자가 나를 뒤덮는 것 같았다.

"뭐하노. 손 좀 보태라. 이것 좀 잡아봐라. 냄새도, 냄새도, 우찌 이리 지지리 지독할꼬."

아버지 엉덩이 밑으로 손을 넣어 허리를 받쳐올리라는 것이었다. 참담했다. 있는 힘을 다해 허리 밑을 받치는데, 아닌게아니라 양팔의 근육이 비틀어지는 듯했고 이마에서 금세 굵은 땀방울이 뚝뚝 흘러내렸다. 온몸에 확 화기가 뻗치는데도, 이상하게 소름이 끼쳤다. 지렛대를 버티는 것처럼, 어금니를 꽉 깨물고 아버지 허리를 받치는 동안, 엄마는 갖은 욕설을 퍼부으며 홑껍데기나 진배없는 아버지의 자리옷바지를 걷어내었다.

시선을 주지 않으려고 안간힘을 썼다. 피골이 상접해 뼈만 남은 정강이며, 살집이 푹 꺼져 나무젓가락 같은 허벅지에 눈을 주고 싶지 않았다. 하지만 바지를 완전히 벗겨냈을 땐 그럴 수도 없었다. 기저귀 하나를 빼 오고, 알콜 휴지 몇 장을 뽑아달라는 다음 지시가 떨어졌다.

몸을 움직이다보니 어쩔 수 없이 적나라하게 드러난 아버지의 하반신에 눈이 갔다. 가시나무처럼 앙상한 하체 맨 위에, 유난히 커 보여서 더욱 참담한 하얀 기저귀가 감겨 있었다. 이미 냄새는 주체할 수 없었다. 자포자기한 듯 보였던 아버지의 얼굴이 급하게 동요하고 있었다. 아버지는 내가 굽어보고 있는 걸, 견디지 못하는 표정이었다.

엄마가 기저귀 테이프를 뜯어내는 동안, 나는 아버지 발목을 잡고 엉덩이를 들어올려야 했다. 시선 둘 곳이 없어, 발등만 뚫어져라 쳐다보았다. 그러나 시간이 흐를수록 뙤약볕에 갈라터진 나무도마 같은 그 발등이 나를 절망시켰다. 뭉툭한 열 개의 발가락과 족적이 선연할 발바닥의 굴곡, 드세게 불거져나온 뼈마디들을 촉지하는 내내, 가슴속에 뜨거운 것이 뭉클거렸다. 그 발을 십분의 칠 정도로 축소시키면, 판에 박은 듯 내 발이었다. 서른세 해가 넘도록 한 번도 그 발을 그렇게 인지하지 못했던 것이 의아스러울 정도였다. 등줄기가 서늘했다. 아버지를 분리시키기엔, 너무 똑같은 모습으로, 이미 내 속에 들어와 들었다.

“아이구, 참 가만 있으소. 궁뎅이에 다 묻는다. 똥으로 칠갑을 할라 카나. 와 이라노.”

거의 이성을 잃은 엄마는, 아버지 엉덩이를 찰싹 내렸다.

나는 즉발적으로, 수건을 덮어쓴 엄마의 뒤통수를 쏘아보았다. 어금니가 꽉 깨물어졌다. 그 순간, 콜드크림을 바르고, 뭔가를 짓이겨바른 듯한 머리를 수건으로 싸매고 있다는 사실조차 용납되지 않았다. 악착같이 발목을 붙든 손목이 파들파들 떨려왔다.

울분에 치받친 나머지 시선의 절제를 잃어버렸다. 나는 아버지 엉덩이의, 생선에 핀 곰팡이처럼, 살갗이 벗겨져나간 욕창 자국부터 똑똑히 바라보았다. 그리고 그 순간, 아버지가 가장 수치스러워했을 부분까지.

그때, 옥상에서 빨래를 걷어 온 간병사 아줌마가 빨래 무더기를 마루에 쏟아둔 채 황황히 미끄러져 들어왔다. 마치, 롤러스케이트를 타고 쑥 들이닥치는 오뚝이인형처럼.

"인 주소. 인 주소. 내가 할게. 형님 나가소."

아버지가 다시 온몸을 꿈쩔 비트는 순간, 아줌마는 두 손으로 나와 엄마의 등을 동시에 떠밀었다.

차라리 그 순간을 기다렸는지도 몰랐다. 아버지의 복숭아뼈 두 개가 손아귀에서 맥없이 빠져나갔다. 참혹한 것은, 똥도 기저귀도, 뼈만 남아 살집이 꺼진 앙상한 정강이도 아니었다. 그보다 더 지독한 인간에 대한 모욕이, 그 방 구석구석, 하이애나처럼 들끓고 있었다.

언젠가, 이런 모욕이 또 있었다는 기억이 났다.

엄마를 타고 앉아 난타질을 하던 아버지의 얼굴에서, 나는 살인자의 프로필을 보았었다.

엄마는 진땀을 훔치며, 비츨비츨 물러앉았다.

아직도 번들거리는 콜드크림의 기름기를 보며, 나는 치를 떨었다. 분노란 근본적으로 편파적이다. 나와 엄마는 시차를 두고 방에서 물러났다. 엄마의 경대방으로 들어가 나는 좀 울었던 것 같다. 잠시 후, 엄마가 들어오는 기척에 급히 티슈를 뽑아 눈물을 훔쳤다.

"흐이휴…… 내 팔자 이거를 우짤꼬……."

엄마는 철푸덕 주저앉아 엉덩이를 밀어 경대로 다가앉았다. 얼굴에 묻은 콜드크림을 닦아내기 시작했다. 그, 예리했던 아름다움도 이제는 희미한 흔적이 되어버린 것 같았다. 나는 하마터면 엄마의 아름다움에 대한 추억에 젖어들 뻔했다.

추억을 밀어낸 것은, 갑자기 방에 감돌기 시작한, 이상한 냄새였다. 시큼하고 비릿한 그 냄새는, 엄마의 머리에서 풍겨나오고 있었다.

이게 무슨 냄새지……? 호되게 코를 풀어내면서, 물끄러미 거울 속의 엄마를 바라보았다. 매끄럽게 기름이 도는 맨 얼굴을 이마에서 턱으로 두어 번 맨손으로 부벼댄 뒤, 엄마는 아무렇지도 않게 머릿수건을 벗어던졌다.

그것은 마요네즈였다.

이따금, 엄마가 머리에 영양을 주기 위해 통째 비워 바르는 물질이었다. 내 얼굴은 경악에 가까운 빛으로 일그러졌다.

그래, 마요네즈였단 말이지.

머릿속에서, 똥무더기에 짓이겨진 아버지의 곰팡이 핀 엉덩이와 마요네즈를 짓이겨바른 엄마의 새치 돋은 검은 머리가 찰흙반죽처럼 혼합되고 있었다.

토악질이 올라왔다.

물론, 그놈의 시큼한 마요네즈 냄새만 아니었어도, 변기통에 머리를 박고 맹물을 토해내진 않았을 것이다.

화장실에서 나온 나는 아버지가 있는 안방으로 뚜벅뚜벅 걸어갔다. 베갯닛 밑에서, 놋쇠빛깔의 요령을 잡초 뽑듯 거칠게 솎아냈다. 간병사 아줌마가 오물들을 모아 신문지에 꾸리고 있었고, 아버지는 벌써 천연덕스레 눈을 감고 있었다. 괴로웠던 흔적들이, 하나하나, 창문 밖으로 밀려나고, 아무일 없었다는 듯이 열풍이 스며들었고, 뙤약볕 조각들이 장판지에 기하학적 무늬를 드리우고 있었다.

문갑 위에 닿을 듯한, 미농지빛 주렴 아랫단을 걷어들였다. 이층집 창문 밑은 좁은 골목길이었고, 손바닥만한 사이를 두고 촘촘히 들어선 낮은 주택가가 내 시선 밑에 지붕을 깔고 있었다. 길바닥 한중간을 쏘아보면서, 나는 힘껏 요령을 던져버렸다. 밖의 어중띤 소음들이, 짤랑거리는 요령의 비명을 삼켜버렸다.

"방울 던져버렸어. 아버지 못 쓰니까, 아무 소용없잖아."

다시 머리를 헹궈내기 위해 마루로 나온 엄마에게, 나는 애써 감정을 드러내지 않았다.

엄마는 소리없이, 입술만 동그랗게 벌렸다.

"그거 새 긴데…… 와 버맀노."

허전한 모양이었다.

"갖고 가서 해기 갖고 놀라고 주도 될 낀데……."

"해기를 줘?"

나는 쓰게 웃었다.

그것은 일종의 경종이었지만, 엄마는 그 의미를 모르는 것 같았다.

그 일주일 후, 의사는 그 토악질이 실은 입덧이었다고 말해주었다.

II. 죽음의 풍경

아버지는 사라져갔다. 엎질러져, 끈기만 남기고 말라버린 요구르트처럼.

길고 느린 과정이었다.

끝이 보이지 않는 달리기란 길고 느리다. 하지만 정작 끝이 왔을 땐, 뻔뻔스럽도록 정반대의 느낌이 찾아온다. 그것은 허망할 만큼, 너무 짧은 과정이었다. 삶에서 죽음까지, 아홉 달을 길게 느낄 사람은 없을 것이다. 그러나 그것은 어디까지나 '역산'일 때다.

그 동안 우리들은, 시렁에 얹어둔 빈 항아리처럼 까맣게 아버지를 잊고 지냈다. 그가 철저히 자신답게 사라지는 동안, 돌 같은 침묵과 표현되지 않은 외로움만이, 그 위를 가을억새처럼 뒤덮었다.

마지막 석 달 동안, 알아들을 수 있는 말이라곤 단 두 마디밖에 없었다.

"만기미……."와 "어머이……."

그해 깊은 가을. 새벽잠을 설친 엄마가 그 말을 들었을 땐, 놀라고 놀라, 새처럼 가슴만 콩닥거렸다.

"만기미가 뭐시고……."

훗날 엄마는, 그게 아버지의 고향이리라 씁쓸하게 되뇌었다.

어느새 칼바람이 몰아치는 계절이 찾아왔다. 그러나 우리 가족에겐 크리스마스도, 세모도 없었다. 해는 바뀌었지만, 낡은 어둠의 끈질긴 연장일 뿐이었다.

희망 없이 사는 법을 몰랐던 나는, 그 어둠이 을씨년스럽기만 했다. 끌어안을 수 있는 따스함이라곤 내 품에 돌아온 해기뿐. 드디어 직장을 그만두고 시집에서 해기를 찾아왔을 때, 이미 배는 한없이 부풀어 있었다. 거울에 비춰보면, 영락없는 그림책 속 개구리아빠였다. "아니오, 더 컸어요, 훨씬 더 컸어요", 하다가 뻥, 터져버린.

그때, 나는 내 배라는 프리즘으로 모든 사물을 보았다.

그 배만 아니었어도, 직장을 그만두지 않았을 수도, 두어 번은 더 아버지를 찾았을 수도, 엄마에 대해 다시 생각해볼 수도 있었다. 그러나 배는 너무 무겁고 크게 부풀었다. 그 무게와 부피가, 모든 것을 납짝하게 짜부러뜨렸을 뿐 아니라 캄캄하게 가려놓았다. 배란 이상하다. 그렇게 부풀어 있을 동안엔, 영원히 그럴 것만 같다. 그러다 점차, 배가 꺼진

다음의 세상을 상상할 수 없었다.

그리고 그날이 왔다.

그날 오후 나는 고장난 보일러통과 씨름하고 있었다. 해기를 발가벗겨 목욕시키는데, 샤워기가 얼음물을 내뿜었다. 수건에 아이를 말아놓고, 배를 내민 채 어기적거리며 보일러실을 열었다. 장방형 가스통 밑으로, 물이 칙칙 새어나왔다. 버튼을 눌렀다 껐다, 코드를 뽑았다 다시 끼웠다, 나중엔 통외피를 주먹으로 팡팡 때렸다. 점화가 되지 않았다. 또 고장이다. 그 집에 세 든 지 세 해째, 해마다 겨울이면 똑같은 곤욕이었다. 하지만 너무했어, 남산 같은 배에, 아이까지 데려다놨는데. 진절머리를 치며, 주인네가 사는 삼층을 노려보았다. 틀림없이, "사는 사람이 고쳐 써", 한다. 그러나 말도 안 되는 것이, 첫겨울, 결혼 삼 주 만에 보일러통 밑으로 물이 출출 흘러나왔다. 마치 사랑이 출출 새어나간 것처럼. 세번째 고장 때 우리 부부는 기어코 소리 지르고, 남대문 문구 상가에서 도란도란 사온 색종이와 가위를 집어던지며 질펀하게 싸웠다. "뭐, 이 따위 집을 구해가지고." "뭐? 나 혼자 구했냐?"

왜 하필, 색종이는 샀던 것일까.

이백만원을 깎아 들어온 살풀이 같기도 했다. 하지만 이런 식이라면 천육백도 아까웠다.

방은 금세 써늘하게 식었다. 땅도, 지붕도 살얼음을 걸치고 있었다. 해기에게 스웨터를 껴 입히고, 앉은뱅이책상가에서 앉지도, 서지도 못해 서성거렸다. 조그만 전기히터는 색깔뿐. 그저 빨간 색깔이나 쬐라는 것 같다. 안아주지도 못할 해기를 달래가며, 상 위에 너질러진 일일한자학습지를 들여다보았다. 보험아줌마가 뿌리고 간 홍보용 학습지였다. 해기를 씻기기 전, 연목구어라는 고사성어를 열 번 베껴썼었다. 다음은 서과피지, 다음은 사면초가였다.

정말 사면초가로군.

애프터서비스를 받은 한 시간 후 남편이 왔다. 하지만 또 고장이었다. 남편은 손전등을 들고 좁은 보일러실에서 이십 분을 두더지처럼 웅크리다 들어왔다.

"젠장, 춥고 어두워서 건드리지도 못하겠어."

어둠이 내렸다는 핑계로, 서비스 센터는 전화도 받지 않는다. 우리는 주인네와 보일러 회사를 싸잡아, 한바탕 욕을 퍼부었다. "가야 돼. 이사 가야 돼." 늘 같은 결론이지만, 삼 년째 이사는 꿈도 못 꾸었다. 남편이, "오늘밤은 그냥 이불 쓰고 자야지 뭐", 손바닥을 부볐을 때, 전화벨이 울렸다.

"이봐라, 아정아."

엄마였다!

우리는 두 달째 전화 한 통 없이, 냉담히 지내왔다. 더구나 직장을 그만두는 심란함을 겪으며, 집 생각 같은 건 천 만리 밖으로 튕겨나갔다.

"왜?"

냉랭하게 반문부터 했다. "엄마야?", 혹은 그냥 "응?"도 아니고, "왜?"였다. 그런 순간 나는 내가 인간임을 의심하지만, 언제나 자각은 뒤늦었다.

하지만 곧이어, 선뜻 실감하기조차 힘든 충격이 전화선

을 타고 터져나왔다.

"아정아, 아버지 죽었다. 느그 아버지 죽었다. 이 일로 우짜꼬. 불쌍해서 우짜꼬……."

그저 몽롱할 뿐. 이게 정말 현실인가. 아버지가 죽는 게, 정말로 가능한 일이었단 말인가.

"이봐라, 늑 아버지 죽었다 카이……."

수화기는 귀에 대고 있는데, 소리는 저만치, 대문 밖으로 멍멍 멀어져갔다. 벌떼가 왱왱거리는 것 같았다.

아이구, 불쌍해서 우짜꼬, 불쌍해서 우짜꼬…….

아라를 불러내, 해기까지 밤 아홉시 비행기에 몸을 실었다.

그때까지, 벌떼는 고막에서 떨어져나가지 않았다. 그것들은 세상의 모든 소리를 응축시켜, "불쌍, 불쌍"이라고 걸러내는 것 같았다. 배를 내밀고 비행기 현기증을 견디며, 숨만 몰아쉬었다. 격렬한 태동이 두려웠다. 삶, 죽음. 어느 쪽도 책임질 자신이 없었다. 나도 모르게 두 팔로 배를 감쌌다. 그 행동은, 마치 아버지의 원통한 넋에서 내 아기를 보호하려는 듯한, 어처구니없는 몸짓처럼 보였다.

집으로 뛰어든 건 세 시간 후였다.

집은 아주 어수선했다. 온 집에 찬송가 소리가 울려퍼졌다.

밤 열시 사십분.

아무도 교회 나가는 사람은 없는데…….

간병사 아줌마가 데굴데굴 굴러나왔다. 시신을 가로막은

병풍 앞에, 새까만 양복에 흰 면양말 남자들이 다섯이나 오글오글 모여 있었다.

"우리 교회 사람들인데……."

엄마는 그 동안을 못 참아, 아버지 죽음간수까지 아줌마에게 맡겨버렸다.

세상에.

엄마에 대한 못마땅함이 세찬 성정을 타고 터져나왔다. 나와 아라는 우는 것도 잊고, 미간부터 확 찌푸려 보였다. 오종종 따라온 엄마가 지레 설레발을 쳤다. 한바탕 욕이라도 퍼붓고 싶은 눈치였다. 오, 정말 자기 사정밖에 못 챙기는 엄마.

"뭐하노. 에비가 죽었는데 곡 안 하고. 빨리 머리 풀고 곡해라. 동네 사람 보기 챙피시럽다. 사람 죽은 집에 울음소리 안 난다꼬 전부 욕한다."

머리를 풀라? 나는 커트머리고 아라는 단발머리다. 곡은 커녕, 엄마를 흘겨보며 따져 물었다. 소리를 죽이는 것조차 힘이 들었다.

"저 사람들 뭐야?"

"뭐기는. 아줌마 교회사람들이다. 느그가 하도 안 와서, 아줌마한테 부탁을 했다. 이래 큰일을 겪어보이, 저 사람이 진짜 좋은 사람이네. 자슥보다 낫다. 느그는 오도 안 하는데, 벌써 와서 치다꺼리 다 하고, 오만 일 때만 일 다 했다. 열 자슥보다 낫다."

엄마는 이미 지쳐, 슬픔보다 어서 드러누워 쉬고 싶은 기색만 역력했다. 오직 초상에 대한 번거로움만이 그 머리를 가득 메우고 있었던 게 틀림없었다.

"바로 날아왔는데 지금인 거야!"

칼처럼 쏘아붙였다.

퉁퉁 부운 아영의 두 눈이, 어룽어룽 날 꿰뚫어보았다.

그 눈빛은 어떤 이유에서든, 엄마와의 언쟁을 힐난하고 있었다.

그러지 마, 엄마는 환자야…….

꿈찔했다. 부모에 대한 순수한 애정을 남기고 있는 건, 아영뿐이란 건 진작에 느끼고 있었다.

"아버지 돌아가싰는데, 아직도 모르겠나? 언니, 나중에 후회한대이."

새침하게 목소리를 깔았다.

나와 아라는 풀죽어, 무리 뒤에 구부정 주저앉았다. 더구나 시신 앞인데. 아버지 죽음 앞인데. 동조를 구하듯, 아라 손을 잡아 무릎에 얹어보았다. 그애의 낯빛은 비닐봉투처럼 얇고 창백해 보이기만 했다.

어헝, 아영은 슬프게 흐느꼈다. 나는 벌겋게 상기되어, 찬송가 후렴을 쉰소리로 따라 불렀다. 공허가, 붙어앉은 무릎들 사이의 좁은 틈을 타고 바닥까지 내리앉았다. 그 소외된 느낌이, 방의 엄숙해지려는 기운을 끈질지게 훼손했다.

이튿날 아침엔 성당 레지오 단원들이 열 명이나 들이닥쳤다. 모두 아는 얼굴들. 자갈치 약국 시절, 한 동네 아저씨, 아줌마들이었다. 어찌된 일인지 모두 천주교도가 되어 있었다.

"아부지도 전에 영세 안 받았나."

그랬던가. 그런 일이 있었던 것도 같다. 동네에 성당 바람이 불었을 때, 아버지도 친구 따라 강남 가듯 영세를 받았었다. 자매는 모닝커피로 마른 입을 적시며, 이미 오래전에 굳어버린 기억의 캡슐을 비틀었다. 아브라함이란 이름까진 가까스로 떠올랐다.

"맞다, 아브라함!"

기억이 터져준 건 역시 아라였다.

"그래, 아브라함! 그 이름 때문에 얼마나 웃었노."

돌이켜 생각해도, 아버지와 아브라함의 조합은 매끄럽지 않았다. 믿음의 아브라함. 가장 충직한 신의 종. 하지만 무슨 상관이람. 요셉이든, 아브라함이든. 아버지가 성당 발길을 끊어버린 건, 미사참례 네 번 만이었다. 갑자기 떼부자 되어 성당에서 으시대는 천씨 아저씨 꼴 보기 싫어서였다.

"그 영감쟁이만 보면 아침밥 먹은 기 딱 체한다. 자꾸 메식메식해서 몬 가겠다. 종교라는 기, 그것도 가보이 별수없다. 그냥 세상하고 똑같더라."

엄마도 육 개월 간 열심히 성당 문턱을 밟았다. 세실리아라는 이름까지 받고, 아들 하나 보려고였다. 석 달 간, 자수정 묵주를 손목에 걸고 저녁마다 기도를 바쳤다. 그러나 수없이 불러댄 마리아가 끄떡도 않자, 슬그머니 기도서를 놓아버렸다.

"아무 소앵 없다. 삼신할매한테 비는 거보다 몬 하다."

부엌 식탁에서 머리를 조아리고 우리들은 쿡쿡 웃어댔다.

"뭐하노. 아정이 와봐라!"

천씨 아저씨가 방에서 대갈일성을 쳤다.

"느그도 같이 해야지."

우리는 쭈뼛거리며 무릎을 꿇었다. 아무래도 천주교도의 날이었다. 하지만 곁방으로 밀려난 교회사람들도, 결코 밀려난 게 아니라는 듯, 애써 심상한 표정을 고수하며 묵시록을 펼쳐들었다.

"이제 임금 되셨다, 아저씨 하늘나라에서 임금 되셨다."

아줌마는 온 집안을 마당쇠처럼 훑고 다니며 한 번씩 외쳐댔다. 이방 저방 기웃거리며 눈치를 흘끔거리는 엄마.

그래, 이렇게 해서라도 면죄부가 된다면. 우리 자매는 레지오 단원 틈에 섞여 앉아 정성을 다해 '주여 임하소서'를 불렀다.

"아브라함의 영혼을 구하소서."

"내 주여, 비나이다."

나도 홀린 듯이 주를 찬미했다. 어쨌든 아버지 영혼을 구하는 일이라니. 하지만 그때 아버지의 영혼은 어느 방에 있었을까. 찬송가도, 성가도 듣기 싫었을 것 같다. 시끄러운 건 딱 질색이셨다. 더구나 천씨 아저씨가 저리 장을 치는데. 아마도 아무도 없는 옥상으로 빠져나가, 널뛰듯 춤추는 빨래들이나 물끄러미 지켜보지 않았을까.

셋째 날은 불교식 화장이었다.

엄마는 병자라 따라가지 않고, 세 자매와 두 남편만 짚을 이고 망건을 얹었다. 여러 종교와 방식이 혼합되니, 울어야 할 때와 침묵해야 할 때조차 분간이 가지 않았다.

관이 불구덩이 속으로 빨려들었다. 텅, 소리가 나는 순간, 아영이 비명을 지르며 자지러졌다. 마치 살아 있는 아버지를 불바다에 던진 것처럼. 가차없는 통한이 눈알을 후벼파는 것 같았다. 사진조차 똑바로 쳐다볼 염치가 없었다. 새다리를 한 탁자 위의 사각 얼굴이, 불길에 살라질 시신처럼 흐물흐물 녹아내리는 것 같았다.

어찌 저리 탁하고 흐리담. 하필 주민등록증 사진을 확대 복사했다. 제대로 된 사진 한 장 찾아내지 못했다니.

'내 인물 다 엊다 빼돌리고 이런 걸 갖다 썼노.'

사진 속의 입술이 씰룩거렸다.

'그건 엄마가 찾아낸 거 아입니까.'

'엄마가 그랬어요.'

'엄마가 그랬어. 내는 아이라.'

불현듯 주위에 늘어선 사람들이 또렷이 의식되었다. 나는 퍼뜩, 기함할 듯 울어젖혔다. 돗자리 위로 쓰러져, 온몸을 버둥거렸다. 아이고, 아이고, 아이고……. 그것 가지곤 성에 안 차, 결국, 아악!, 비명까지 질렀다. 콧속으로, 귓속으로, 속속들이 아버지 연기가 파고들었다. 드디어, 제대로 된 풍경이었다. 사람들이 팔을 부축해 나를 들어올렸다.

"마, 그만 울어라. 자꾸 그라먼 아부지 몬 가신대이."

"몸도 무거운데 너무 그라면 안 된다."

연민에 가득 차 쯧쯧거리는 소리. 가래침을 돋워 등뒤로 뱉어내는 소리. 낭자한 독경소리. 어떤 화덕 앞에선 진짜 스님이 목탁을 두들겼다. 미친 바람에 풀풀 흩날리는 매운 향 연기. 냄새와 소리들이, 독초를 태우는 굴 속처럼 마계적이었다.

아버지는 오래오래 탔다.

흰 뼈마디로, 가루로 변해 나와, 나무상자 속에서 마른 곡식처럼 콩콩 짓찧어졌다. 철제 상판 위에 뜨거운 뼛가루가 사방으로 튀었다. 아직 불을 머금은 조각뼈도 섞여 튀었다. 나는 발작을 일으킨 듯, 허푸허푸, 인두처럼 뜨거운 뼛조각을 손바닥으로 쓸어모았다. 손바닥이 지글거렸다. 돋보기로 태운 흑지처럼, 드문드문 벌겋게, 열점이 찍혔다.

검은 남자가 상자를 건네주며 어수룩하게 중얼거렸다.

"한참 탔어요. 돌아가신 양반 되게 컸지예?"

상자 위로, 후두둑 눈물이 쏟아졌다.

아영이, 남편 가슴으로 얼굴을 던졌다.

이제 이걸 새파란 바다에 뿌려야 하다니. 뼈를 녹이게 뜨거운 화덕에서, 얼음처럼 차가운 물속이라니. 나라면 싫을 것 같았다. 뜨겁고, 춥고. 힘없는 영혼에게, 너무 일관성없는 처사였다.

세 자매는 서로의 상심에 의존하며, 가파른 언덕길을 휘청거리며 내려왔다.

장례차에 실려, 번갈아 아버지 상자를 안아보았다.

너무 가벼웠다. 아버지 것이라 믿기지 않을 만큼. 아버지는 굉장히 무거웠다. 상자도 그보다는 훨씬 무거워야 할 것 같았다. 원래 이렇게 작고 가벼운 것이었다면, 얼마든지 꼬옥 껴안아주었을 것이다.

평생 왜 그렇게 무거운 체는 했을까. 이렇게 작은 주제에. 이렇게 가벼운 주제에.

슬픔에 지친 아영의 작은 눈시울이 축 쳐져내렸다. 눈을 똑바로 뜨면, 토끼처럼 땡그란 엄마 눈을 닮았다. 홀린 듯, 열에 들떠, 쫑알거리기 시작했다.

아영에게도, 그 상자의 홀연한 가벼움이 충격이었을까.

"아버지 얼마나 뜨거웠을 기고. 화장터 그래 우중충한 줄 진짜 몰랐다. 엄마가 꼭 왔어야 됐다. 와서 그 꼴을 봤으면, 빚이라도 내서 묻어줄라 캤을 끼다."

분에 떨리는 음성이었다. 뜻밖이다. 엄마에 대한 힐난이라면, 극도로 조심스런 아영이었다.

"바다는 무슨 바다에 뿌린단 말이고. 요새 바다가 얼마나 더러운데. 전부 해양오염이다."

아라다. 목이 잠겼다. 티 안 내고 소리 죽여 많이 운 탓이다. 그러나 소리는 왜 죽일까. 소리를 죽였기 때문에, 아무도 그애의 슬픔은 헤아리려 들지 않았다.

"그래 맞다. 고기들도 전부 배 까집고 둥둥 떠오르대?"

또 아영이었다. 주부로 자리잡으며, 그애는 굉장히 영민해졌다. 같은 상황에서, 막 롤러코스터에서 빠져나온 것처럼, 몽롱하고 무기력한 나와는 대조적이다.

"돈만 있었으면 묘를 샀지, 여기까지 오지도 안 했다."

상자를 어루만지며, 변죽을 울렸다.

"엄마, 진짜 우째 그랄 수가 있노."

"자기 생각밖에 못 하잖아."

"여름에 그 구박하는 거 봤으믄, 너네 기절했을 거다."

우리는 어린애로 돌아가, 딱다구리처럼 엄마를 쪼아댔다. 못된 건 전부 에미 탓. 그리고 또 한편, 퇴행이었다. 그 허망한 아버지의 가벼움이, 우리를 코흘리개로 후진시켰다.

앞자리 뒤통수들이 흘깃흘깃 뒤를 훔쳐보았다.

저것들은 뭐한다꼬 저래 조잘거리노…….

불콰하게 취한 강씨 아저씨였다. 아저씨도 레지오란다. 별사람이 다 레지오다. 이십 년 전 그 시절, 아저씨는 식칼로 아줌마 허벅지를 푹푹 찔러놓곤 했었다. 아마도 그런 지난날에 대한 참회겠지. 돌아갈 때가 가까우면 모두가 참회한다. 그러니까 아버지는 정말로 고집불통이다.

맨 앞줄, 운전석 뒷자리도 헛기침소리를 냈다.

한씨 아저씨 내외였다. 아저씨는 로맨스그레이처럼 단정하게 늙었다. 아줌마도 머리카락 한 올 흐트러짐 없이, 오늘은 납짝한 모자까지 눌러썼다. 으리으리한 예식장 사장으로 변모한 한씨네는 아버지에 비해 턱없이 풍요로운 말년을 누린다. 어릴 땐 그들을 큰아저씨, 큰아줌마라 불렀었다.

"다 저 사람들 때문이다."

아영이 속살거렸다.

"응?"

"저 사람들 때문에 우리가 이리 고생이다 아이가."

나와 아라는 다시 눈을 맞추며 키들거렸다.

맞아. 저 사람들만 아니었으면.

그들은 삼십칠 년 전, 엄마, 아버지를 다방으로 불러낸 중매인이었다. 오직 그 하나의 이유 때문에, 그들은 그날 그 순간까지 부채를 갚고 있었다. 나쁜 일이 있을 때마다, 엄마는 무조건 "큰아줌마한테 전화해라"였다. 술 취한 아버지가 동네 어구에 대자로 뻗어버렸을 때도, 아영이 사십도까지 열이 펄펄 끓었을 때도, 내가 비에 흠빡 젖어 파출소로 끌려갔을 때도 엄마는 파들파들 떨며, "큰아줌마 불러라"였다.

딸 여덟에 아홉째로 아들을 본 그 큰아줌마도, 산후풍 때문에 밤잠조차 누워 자지 못하고 앉아 잔다 했다.

"맞다. 저 사람들 아니었으면, 우리가 태어나기나 했겠나."

나는 맞장을 떴다.

"뭐할라꼬, 그런 씰데없는 짓을 했겠노, 그자?"

옆구리를 쿡 찌르는 아영.

허허, 참.

우습고 어이없고 허망했다. 생은 분명히 우연인데, 그 우연이 필연을 만들었다.

웃기 시작하니, 어깨가 와들와들 떨리도록 자꾸 웃음이 비어져나왔다. 무릎에 얹힌 아버지상자, 에드벌룬처럼 부푼 아랫배, 뱃속의 아기까지 함께 키들거렸다.

누가 내 어깨를 툭 쳤다. 바로 뒷자리, 남편의 손이었다. 얼굴에 커다란 물음표가 찍혀 있었다.

왜 그래? 정신나간 사람처럼…….

아영은 어금니 사이에 웃음을 꽉 깨물며 고개를 떨어뜨렸다. 아라의 얼굴도 새빨개졌다. 그러면서 또 키득거리고. 아영의 남편도 객쩍은 듯 입술을 앙다물었다. 앞, 뒷자리들이 수런수런 우리를 흘끔거렸다.

자들 풍 맞았나, 어데 킬킬거리노…….

버스는 끝없이 달려갔다.

이제 상자 속에는 아무것도 들어 있지 않은 것 같았다. 조금씩, 조금씩, 상자 속의 모든 것이 빠져나가, 어느새 텅 빈 통으로 변해버린 것 같았다. 도시 말이 되는 않는 짓거리였다. 영혼을 상자 속에 담아오려 했다니.

갔다. 그러나 어디로 갔을까. 그 무거운 체했던, 작고 가벼운 아버지는.

12. 덫

버스에서 땅으로 털썩 뛰어내렸다.

비로소 긴 기억의 실꾸리가 툭, 끊어졌다.

낮은 구름이 얹힌 아파트 숲 사이 소로들이 자반스레 흔들리고 있었다. 나무벤치 위 아이들이 막대사탕 껍질을 벗겨냈다. 하나, 둘, 여러 개의 시선들. 기억을 미행당한 듯, 순한 눈빛들이 따갑게 느껴졌다. 내가 지금 어디에 있지? 아이들의 둥근 얼굴 사이로, 해기, 해미가 떠올랐다. 앙앙 울거나, 까르르 웃거나. 나를 기다리거나 잊었거나. 엄마는? 낮잠을 자거나 장미를 피우겠지. 도대체 언제 오나 신경질을 부리며, 커피포트에 물을 끓이는 중일까.

보도에서 단지 내로 커브를 그리며 들어오는 자동차와

부딪칠 뻔했다. 운전대를 잡은 깐깐해 보이는 남자가 확, 낯살을 찌푸렸다. 소리라도 지를세라, 소스라치게 뛰었다. 형언할 수 없는 불안감이 밀어닥쳤다. 나는 싸리빗자루에 붙은 먼지처럼, 빗자루가 훑친 방향으로 뱅글뱅글 맴돌 듯 달려갔다.

엘리베이터 버튼을 눌렀을 땐 숨이 턱에 닿았다. '5'를 누르고, 막 우편함에서 뽑아든 갈색 사각봉투의 입을 벌려, 안을 들여다보았다. 출판사에 부탁했던 여왕의 스크랩 자료들. 신문기사를 복사한 A4용지 속의 여왕은 잉크가 덜 찍힌 판화처럼, 얼굴 절반이 희끗희끗 날아가 보인다. 히쭉 웃는 여왕의 입술 왼쪽이 문드러졌다. 형체가 소실돼가는 드라큘라 얼굴.

기계 박스는 순간적으로 멈춰 서, 현관 앞으로 나를 밀어냈다. 휴, 한숨을 토하듯. 박스 자체가 자신이 박스임을 지겨워하고, 숨막혀하는 것 같다.

현관 앞. 유모차, 네발자전거, 구독을 갈망하는 신문더미가 자리다툼이다. 더이상 그곳에서 서성거린다는 건 정말로 무의미했다. 열쇠로 따고 들어가거나, 초인종을 누르는 수밖에. 숨을 삼켰다. 잠시 조리개 밖으로 이탈됐던 현실이 초점 반경 속으로 또렷이 이동해 왔다. 악몽의 핵을 향해 똑바로 다가서는 느낌이었다.

문을 열어준 건 해기였다. 잠금쇠 두 개를 딸깍거리며, "누구지?", "엄마 왔나?", 속삭임이 어렴풋 귀에 꽂힌다.

와, 엄마다…….

해미까지 활개를 치며, 내 품에 뛰어들었다.

엄마, 엄마, 엄마!

해미는 군대식으로 우렁차게 외치며 행진했다. 신발도 못 벗은 채, 두 아이를 동시에 끌어안았다. 한 팔에 하나씩. 관절을 후벼파는 것 같은 통증이 오른쪽 옆구리에서 발바닥 끝까지 쩌릿하다. 손가락 끝에서 달랑거리던 봉투가 툭 떨어진다. 온몸에 훅 끼치는 무더움, 탑탑함. 집의 목마름, 집의 단조로움.

"할머니는?"

해기부터 하나씩, 두 아이를 마루턱에 내려놓았다.

"저어기……."

오뚝이처럼 기우뚱거리며, 해기가 등뒤 쪽을 손가락으로 가리켰다.

반사적으로 시선을 옮겼지만, 엄마의 자취는 보이지 않았다.

"저어기, 목욕탕에."

아이들 머리 너머로 불이 환한 목욕탕 안이, 엿보였다. 해미가 울며 따라붙었지만, 고사리 손을 떼어 해기 손에 쥐어주었다. 나는 천천히 현관 정면 목욕탕으로 걸음을 옮겼다. 몇 발짝 거리였지만, 머리밑이 축축해졌다. 그러고 보니, 장난감이 널부러진 집의 다른 장소는 모두 죽어 보였다. 오직, 대낮에도, 미색 등불이 환한 그 장소만이 참을성 있게, 내가 돌아오길 기다린 게 틀림없었다. 가슴이 멎을 것처럼, 쿵쾅쿵쾅 뛰었다. 확실히 정서 불안이다. 최근에 읽은 마인드 컨트롤의 한 구절을 애써 떠올려본다. 알파파, 베타파, 뇌내모르핀. 그래, 가장 중요한 건 평상심이지. 행,

불행감의 주관성. 마음의 구조를 '해피니스'로 가져가야지. 퀵, 퀵, 하지 말고 슬로우, 슬로우.

하지만 나의 부재가 집안에 돌연한 상황을 만들어놓은 게 분명했다.

시험일 수도 있어. 걸리지 말아야 해.

욕실 앞 깔개를 딛고 반쯤 열린 그 문을 완전히 열어젖히기 전에, 나는 알아차렸다.

변기 밑둥 굴곡을 따라, 둥글게 만곡된 분홍색 나무 깔판에 엄마가 쓰러져 있었다. 말할 수 없이 해괴한 악취부터 코를 찔러왔다. 마치 영원히 그 장소에서 원형대로 굳어버릴 것 같은 지독한 냄새였다.

"엄마, 엄마!"

나는 정강이를 구부리고 쪼그려앉아 엄마 어깨를 흔들었다.

엄마는 다리를 꺾고 깔판에 머리를 누인 채, 눈을 똑바로 뜨고 있었다. 초점이 없는 눈빛 같았기 때문에, 순간적으로 전율이 일었다. 뇌진탕은 아닌지. 눈을 뜬 채 심장이 멎어버린 건 아닌지. 집으로 돌아오는 동안 실패에 실을 감듯 꾸리고 있었던 사위스런 생각들이 반추되면서, 오싹해졌다. 그때, 사지를 떨며, 일어나보려고 민적거리는 미미한 꿈틀거림조차 퍼뜩 눈에 띄지 않았다면, 정말 엄마가 죽었다고 생각했을 것이다.

"머리밑이 하도 가려워서, 좀 감을라고 했디만은……."

손아귀에 힘을 주고 엄마를 일으키려고 했지만 잘 되지 않았다. 엄마는 전혀 힘을 쓰지 못한다. 여전히, 염치없이 퍼지는 지독한 냄새. 역한 구린내에 시큼히 곪는 듯한 냄새가, 한동안 씻지도 않은 체취에 뒤섞인, 극단적인 악취였다. 쓰러지면서, 혹은 그 후에, 옷을 입은 채 배설을 하고 만 게 분명했다. 하지만 냄새는 그뿐만이 아니다. 엄마 머리의 허연 것들이, 처음엔 그냥 샴푸 거품인 줄 알았다.

뚜껑이 열린 샴푸병이 초록색 액체를 계란 노른자만큼 쏟아낸 채, 바닥에 뒹굴고 있었다. 욕조 속의 샤워기는 아직 입을 벌린 채, 천장을 향해 뿌연 물줄기를 내뿜었다. 쉭쉭. 거울과 좁은 욕실이 온통 뽀얀 수증기로 흐려져 있었다.

결국 한 팔로 엄마 등을 받치고, 아픈 허리에 힘을 꽉 주면서 엄마를 끌어내야 했다. 질질 딸려온다는 느낌이지만 더이상의 정중한 방법은 있을 수 없었다. 움직임에 대한 의지를 완전히 놓아버린 엄마는, 온몸의 무게를 내 앙상한 팔굽뼈에 버팅겼다. 하중을 이기기 위해, 머리를 엄마 쪽으로 수그렸다 들었다를 반복하면서, 서서히 엄마 머리에서 나는 냄새의 정체를 알아차렸다.

그것은 마요네즈였다.

욕탕문 비껴 맞은편, 냉장고의 크림색 문짝도 벌렁 열려 있었다. 그 앞, 마요네즈병이 노란 뚜껑이 날아간 채 납쭉 찌그러져 팽개쳐져 있다. 언제 균형을 잃고 자빠지고 말았는지까진 헤아릴 순 없었다. 하지만 샴푸로 머리를 감은 후, 마요네즈를 바르고, 다시 샤워기로 그것을 헹궈내려고 했을 과정들만은 영화를 보듯 환히 그려졌다.

샤워기의 각도가 잘못 되었는지, 얼굴까지 물을 뒤집어

쓴 흔적이 역력했다. 속옷까지 흠뻑 젖은 듯. 엄마 엉덩이가 스치고 간 바닥에, 누런 똥물이 수채화 붓질처럼 미미한 터치를 남긴다. 어젯밤, 엄마가 변비약 열 알을 한몫에 먹었다는 사실도 상기된다.

"야야…… 내가 우찌 된 기고…… 아정이, 니 언제 왔노…… 내가, 살았나, 죽었나……."

마루로 완전히 끌어냈을 때, 엄마는 희멀건 미음 같은 소리로 웅얼거린다.

"내가 머리를 찧었제? 바닥이, 와 그래 미끄럽겠노……."

나도 무릎을 쭉 뻗고 탈진하고 말았다. 당장은, 엄마를 씻기고 갈아입힐 엄두도 나지 않았다. 아무 기력도, 아무 생각도 없었다.

씻어주고 싶지 않았다. 그렇다고 앉아 냄새를 맡고 싶지도, 유리창을 열어 공기를 바꾸고 싶지도 않았다. 식은땀에 찰싹 엉겨붙은 엄마의 귀밑머리에 연민을 느끼고 싶지도 않았다. 거의 혈연의 노예라는 느낌뿐. 그것은, 거의 악연이고, 전생의 업이었다.

저놈의 원쑤를 우짤꼬, 저놈의 원쑤. 저기 기어코 낼로 먼저 잡아묵을 끼다…….

언제, 누가, 누구에게, 그런 저주를 퍼부었었나.

마요네즈 냄새를 맡는 순간, 나는 전신의 피가 역류하는 것 같았다. 그것은 내게, 패잔병이 된 아버지의 수난이었다. 똥물보다 더한, 번들거리던 엄마 얼굴의 콜드크림과 함께 잔등에 지네가 꿈틀거리는 것 같은 스멀거림. 사둔 지 몇 달이 지나도록, 나는 음식에 거의 마요네즈를 쓰지 않았다. 그것은 더이상, 샐러드에 끼얹는 단순한 소스가 아니라, 엄마와 아버지를 연결시키는 어떤 비극적인 코드의 암호 같았다.

뚜껑이 벗겨진 마요네즈병을 쓰레기봉투 속으로 던져버렸다.

오랫동안, 식탁 모서리를 손바닥으로 누르고 선 채, 부들부들 떨었다. 소리라도 지르고 싶었다. 하지만 무의미했다. 엄마가 내 곁에 있는 한. 나는 흐흐, 흐느꼈다.

"엄마, 나, 도저히, 못 견디겠어……."

손바닥으로 흘러내린 머리칼을 쓸어올렸다.

엄마는 눈을 부릅뜬 채, 내 곁에 버려져 있다.

"야야, 날로 좀 일으켜도고……."

"엄마, 나, 나, 정말, 엄마하고 못 살겠어……."

내 속의 어떤 영혼이 나를 거스르고 그렇게 울먹였다.

"야야…… 할말이 있다. 낼로, 좀…… 일으켜도고……."

"엄마, 도로 내려가면 안 되겠어……?"

내 귀신이, 나의 진심을 폭로하고 있었다.

"이, 봐라, 아정아……."

해골손처럼 치켜들리던 엄마의 오른쪽 손이 풀썩, 바닥으로 떨어졌다. 두 줄기 눈물이, 번져흘렀다.

흑흑 느껴울면서, 엄마를 향해 걸어가려고 했을 때, 아뜩한 현기증이 뒤통수를 쳤다. 온몸이 쇠망치로 두들겨맞은 듯 아프고, 혼비백산한 상태였다. 나는 엄마를 비껴, 비실비실 안방으로 들어갔다. 어떻게 이불을 깔았는지도 알 수 없다. 이불을 쓰고 드러누울 수 있다는 것만으로도, 신에게 감사했다. 눈을 감았다. 그리고 다시 깨어나고 싶지 않았다.

나는 완벽히, 마귀가 만들어놓은 덫에 걸려들고 말았다.

13. 외할머니

이튿날 아침까지, 우리는 아무 말도 하지 않았다.

남편만 빠진 식탁에서 아침을 먹을 때도, 밥그릇 바닥에 숟가락을 딸깍거리는 소리밖에 내지 않았다. 밥을 먹고, 넷은 모두 약을 먹었다. 해미가, 입안에 머금은 주홍색 현탁액을 깡그리 뱉어냄으로써 빚어졌던 약간의 소란을 제외하면, 그것조차 사물적인 과정이었다. 아이들도 본능적으로, 할머니와 엄마 사이의 침묵을 받아들였다. 두번째로 약을 먹일 땐, 삼 씨씨나 초과된 분량을 해미 입속에 들이부었다. 홧김이었다. 눕힌 아이를 사타구니 사이에 꽉 끼고, 왼쪽 손아귀론 아이의 양쪽 볼을 꽉 누르면서, 오른손의 하얀 플라스틱 스푼으로 억지로 입을 벌린 뒤, 약이 완전히 목구멍으로 넘어갈 때까지 스푼을 빼지 않는다…… 약과 해미의 입술과 작은 혀가, 동시에 구겨져 다시 펴지지 않을 것 같았다. 새파래진 얼굴로 입을 벌린 해미는 얼마간 울음조차 터뜨리지 못했다.

"니 에미는 안 그랬대이……."

쭈삣거리며, 틈을 엿보던 엄마는 이내 슬그머니 물러났다.

해기를 유치원에 보내고 해미를 소파에 눕혔다. 엄마에겐 일별도 하지 않고 여왕이 도사린 방안으로 뚜벅뚜벅 걸었다.

방은, 여왕으로 꽉 들어차, 발 디딜 데조차 없었다. 여왕의 스크랩, 여왕의 편지, 여왕의 상장, 여왕의 넋두리로 흐드러진 백이십 분짜리 녹음 테이프들…… 엉망으로 뒤섞인 여왕을 굽어보면서, 비로소 확연해졌다. 내가 여왕을 받아들인 건, 일 때문도 돈 때문도 아니었다. 엄마를 밀어내기 위해서였다. 엄마가 내 구덩이를 기웃거리지 않았다면, 결코 이 방을 여왕에게 내주는 일 따윈 없었을 것이다. 컴퓨터를 켰다. 그러나 그곳 역시, 온통 '나'를 훔쳐낸 여왕의 일인칭이 지배했다.

나의 실종.

똑똑. 누군가 문을 두드렸다.

하마터면 된소리를 지를 뻔했다. 누구야!

만약 그곳에 서 있던 엄마가 조금이라도 흐트러진 모습, 아니 털끝만큼이라도 이의를 제기하려는 표정이었다면, 나는 정말 무섭게 화를 냈을 것이다.

엄마는 깔끔했다. 물기가 밴 타월로 머리를 싸매고, 눈의 초점도 또렷했다. 기미가 드러난 얼굴이지만 말갛고, 불그레하다.

"왜?"

나는 능청스레 반문했다. 그쪽이 원한다면, 피스톨을 들 용의가 있었다.

"바쁘나? 잠깐, 할 얘기가 있다."

엄마는 식탁 의자를 끌어내어, 부엌 베란다를 등지고 앉았다. 해미는 벌써 약에 취했다. 손가락으로 머리카락을 꼬며, 다른 손 엄지를 빨며 졸음을 즐긴다. 소라색 아기이불로 배를 덮어준 건, 엄마였을 것이다.

"앉아봐라."

나는 엄마 맞은편 의자를 잡아빼며, 재차 "왜?", 하고 물었다. 그런 뉴의 버릇없음에 엄마는 얼마나 질리고 메스꺼웠을까. 해기가 말대꾸만 해도 나는 주먹에 경련을 느꼈다.

"니, 많이 속 상하제? 그래도, 엄마를 미워하지 마라……."

엄마 손이 부들부들 떨렸다. 사기 재떨이를 끌어당기는 불안한 동작.

"내가 꼭, 외할머이한테 그랬그든. 그기 이래, 팽생 가슴에 못이 박혀서…… 죽을 때까지, 후회스러블 끼다."

화, 얼굴이 일그러진다. 연쇄적으로 손가방에서 장미를 뽑고, 라이터로 불을 붙이는데 몸 전체가, 격렬하게 흔들린다. 엄마 속엔 용암을 터뜨리는 분화구가 있다.

"미안하다, 마……."

나는 둘째손가락을 식탁 유리판에 박박 문댄다. 어금니

를 딱딱거리며. 엄마에게 가해자가 된 듯한 느낌이 너무 억울했다. 우리 사이의 곰팡이 슨 애증은, 피해와 가해라는 흑백논리로 변질되었다. 하지만 그 책임은 엄마에게 있다 윽박지르고 싶었다.

"하지만도, 내도 서운하다. 엄마 하나 와 있는 기 그래 힘이 드나?"

"응, 힘들어."

나는 솔직한 척한다. 뻔뻔스럽게. 엄마 앞에서만 숫기가 뻗친다. 아직도 엄마가 내 팬이라는 황당한 망상 탓이었다. 엄마 앞에서의 나의 스타연. 엄마는 왜 속 시원히, 네가 징그럽다고 뱉어버리지 못할까. 삼십 년 전 그 피아노 앞에서, "니 피아노를 와 그래 못 치노", 폭로해버렸어야 했다.

하지만 엄마는 그게 안 된다. 그 단순한 무능이 엄마의 함정이었다.

금 간 항아리에서 연기가 새듯, 엄마 얼굴 주변에 연기로 그린 듯한 하얀 담배꽃이 피어올랐다.

"그래, 자식한테 이길 사람이 어딨겠노? 나도 니가 버겁다. 팽생, 니한테 큰소리 한 번 못 쳐보고, 니라면 기가 죽어서……."

엄마는 핵심에 접근해간다. 그러나 습태 때문에, 나 또한 결코 호락호락하지 않다. 입을 앙다물고, 어이없다는 듯 엄마를 쏘아본다.

"이제는 니한테 아무 기대도 없다마는."

"엄마는 나한테 뭐 해준 거 있어?"

쨍그랑, 엄마 안색이 깨어졌다.

"아무것도 해준 기 없다꼬? 낳아주고 믹이주고 공부 시켰으면 됐지, 그 이상 어떻게 더 해주노? 한 재산 못 띠준 죄밖에 더 있나?"

엄만, 돈 생각밖에 못 해? 이, 머티리얼 마더!

그러나 뻥, 한 방 맞은 것이다. 완벽한 가정이지만, 만약에 엄마가 진짜로 부자였다면.

엄마를 향한 팽팽한 적의가, 아득한 끝에서 자신없는 얼굴로 쭈삣거린다.

내 자식을 보면서, 나도 엄마 못잖은 황금의 노예가 되어가잖아.

하지만, 그게 아냐. 난, 그저 좀 혼자 있고 싶을 뿐이야…… 그냥, 좀, 머리가 너무 아파…… 답답하고, 부당하고, 힘들고…… 아니, 자신이 없어…….

고개를 절레절레 흔든다. 절대로 그런 문제는 아니라는 듯이.

"글은 다 써가나?"

"……."

"무슨 글인데? 엄마한테는 와 말로 안 해주노."

"말해 뭘 해. 엄마하고 상관도 없는 건데."

"와, 상관이 없노. 자식 일인데. 자식이라 카는 거는 그런 기 아이대이."

나는 다시, 도전적으로 고개를 치들었다.

"그라지 마라. 항상 밝게, 희망을 갖고 살아라. 엄마, 아버지처럼 살면 안 된대이. 어둡게 살아봤자, 무슨 소용 있더노? 청춘만 아깝다. 어떻게 살아도, 사람 팽생에는 끝이 있다.”

청춘…….

“느그 아버지사 사실 나무랄 데가 있었나. 그놈의 술이 원수지. 그라지만 술, 그것도 우짤 수가 없다, 팔잔데 우짤 끼고. 사주쟁이까지 안 그랬나. 이 사람은 술독을 깔고 앉았다꼬, 그라고 오십 되면 직업이 딱 없어진다 캤다. 그거는, 인력으로는 도저히, 우째 할 수가 없다.”

아버지라는 방아쇠가 당겨졌다.

“흐…… 내가 와 그랬겠노, 팽생, 불쌍하게 살아온 사람을…….”

엄마는 죄인처럼, 헉헉 흐느꼈다.

깜짝 놀랐다. 엄마 기억 속의 아버지도, 더이상 병들어 썩어간 원수 같은 노인네가 아니었다. 아버지는 세상에서 사라진 후 비로소, 스칼렛의 진정한 남편으로 엄마 내부에서 소생한 것 같았다.

아냐, 엄마. 그건 엄마 잘못이 아냐. 그게 왜 엄마 잘못이야…… 아버지는 뭐 잘한 게 있다구.

엄마 속에서 터져나온 예기치 못한 휴머니즘에, 나는 실속없이 허물어진다.

“언제, 니 외할머이 이야기를 해줄라꼬 생각은 했다마는.”

코를 훌쩍 들이마신다.

“니도 이제 아아를 둘이나 가진 에미고, 인자는 마, 이해를 하지 싶다.”

반쯤 태운 장미 한 송이가 허리에서 끊겨나갔다. 연쇄적으로 새 장미 한 송이가 엄마 손가락 사이에서, 스트로처럼 간당거렸다. 라이터는, 푸싯거릴 뿐. 남편 자켓 주머니를 뒤져 새 라이터를 찾아낼 동안, 엄마는 약간의 안정을 되찾았다.

이제 엄마가 똑바로 쳐다보였다. 내 마음이 마음대로 도망가, 엄마를 들어앉힐 빈 그릇이 되어버린 것 같았다. 그렇다. 결정적인 순간엔, 나는 엄마의 호소력에 포박당한다. 누가 더 깨끗한가 견준다면, 더 맑은 마음은 엄마쪽이다. 연민이 솟구쳤다. 고통이 온다. 너무 늙어버린 엄마. 나의 스칼렛. 언뜻, 무심하고 지성적인 결이 엿보였다. 엄마도 연기자였을까.

"외할머이는 가난한 양반집 규수였다……."

크으으, 엄마는 운다.

"오식 가난했으면, 백발이 성성한 환갑쟁이 노인한테 꽃다운 나이로 시집을 갔겠나. 말하자면 셋째로 들어간 씨받이였다……."

그 슬픔에 동화되지 않으려는 의지를 추스르며, 허연 두루마리 휴지를 굴려주었다.

"허연 노인한테 아들 낳아주러 시집을 가서, 층층시하에서, 생각을 해봐라, 할머이가 뭐시 좋았겠노. 흐, 흑. 그래 갖고 아무 소앵 없는 내 겉은 가시나나 낳고……."

엄마 나이 여섯 살 때, 외할머니는 아들을 낳았다. 하지만 이듬해 남편을, 그후 반 년 만에 금쪽 같은 아들까지 저세상에 주고 말았다.

"무신 병이었는지, 생각도 안 난다. 다 죽어가는 아아를 업고, 엄동설한에 논두렁, 밭두렁을 구비구비 돌아, 속곳이 젖도록 뛰고, 넘어지고 또 뛰었건만, 정신없이 뛰다보이 아아가 갑자기 빳빳해졌더란다. 병원 간다 카든 기, 그 길로 송장이 돼서 가마니때기에 똘똘 말리 왔드라. 대들보 기둥에 머리를 찧고, 또 찧고, 옷고름을 잡아 뜯고 통곡을 해도 아무 소앵 없드라. 머스마가 생기기도, 기가 막히게 잘생깄었는데…… 그때, 할머이도 죽고 나도 죽는 줄 알았다. 영감이 죽었을 때도 그래 안 울던 할머이가, 그 아들을 잃고는 완저이, 실성을 하는 기라…….”

창호지 문 두짝 걸어닫고, 할머니는 송장처럼 드러누웠다. 일주일 가고 보름 가도, 문고리 한 번 딸깍거리지 않았다. 여러 큰할머니, 아저씨가 문을 깨고 들어가니, 창호지문 두 짝이 뒷마당에 뒹굴었다. 누운 할머니 머리엔 목화솜 같은 서캐가 하얗게 피어 있었다. 어린 엄마는 서럽게 울며, 참빗으로 그 머리만 하염없이 훑어내렸다. 누런 삼베 베개깃에 새까만 이들이 후두후두 튀었다.

“엄마가 너무 곱고 젊어 청상이 되어, 그날부터 나는 제정신이 아이었다. 할머이가 색깔 있는 옷만 입고 나가도, 내 죽이고 나가라꼬 발목을 잡고 늘어짔다. 그래 새색시같이 곱게 채리고 나갔다가, 그 길로 낼로 버리두고 어데로 훌쩍 도망이라도 갈까 싶어서. 피가 마르고 머리끝이 쭈삣쭈삣 서드라. 그라이, 내가 무슨 정신으로 살았겠노.”

그런 어느 날. 마실 갔던 할머니는 정말 자취를 감춰버렸다. 한 밤, 두 밤, 세 밤을 하얗게 새웠어도 돌아오지 않았다. 엄마는 넋빠진 계집아이 되어, 삽짝문 밖 웅크린 채 온

종일 생나무 울타리만 쓰다듬었다. 학교도 안 가고 밥도 먹지 않았다. 애가 닳은 큰할머니가 외할머니 실크양말을 꺼내주었지만, 그것조차 거들떠보지 않았다. 찰떡처럼 길게 늘어난 실크양말이, 엄마 손가락에 고무줄마냥 빵빵 가락지를 쳤다.

꼬박 한 달 만에 할머니가 나타났다. 허깨비처럼 볼이 꺼진 할머니는, 딴사람처럼 달라진 얼굴이었다. 누구와 배가 맞아 아이를 지우고 왔다는 소문이, 집집 담장 너머 동구 밖에 걸린 예술네 뒷간까지 퍼져나갔다. 그 흉악한 소문이 엄마 두 귀에 화살촉처럼 날아와 꽂혔을 때, 어린 엄마는 더이상 살고 싶지 않았다. 곁에 오지도, 손가락도 갖다대지 말라고, 고래고래 패악을 부렸다.

"할머이가 오직 했겠나. 지금 생각해보이, 그때 우리가 큰집 작은채에서 더부살이를 했는데, 집안에 자수 들락거리던 총각이 하나 있었든 거 같다. 할머이 나이 기껏해야 스물다섯밖에 더 됐을 때가. 내가 이리 나이 들어보이 할머이 그때 심정을 알겠건마는……."

흰 두루마리 휴지를 솜처럼 뭉쳐 쥐곤 엄마는 얼굴만 부벼대었다. 인생이 흑판을 가득 메운 분필 글자 같은 것이라면.

내 앞의 엄마가 엄마로 보이지 않았다. 엄마의 껍질을 찢고 나온 엄마는, 먼 훗날 홀로 노쇠해갈 내 얼굴처럼 보였다. 혹은 아주 늙어버린 내가, 해미를 앉혀놓고 부르는 외로운 만가 같았다. 삶은 끝없는 되갚음. 우리는 똑같이, 아주 평범한 사람들일 뿐이다.

그러나 슬픔 때문에 가슴이 조여들었다. 의자 위에 두 무릎을 올려세워 가슴팍으로 밀어붙인, 불편한 자세 탓인지도 몰랐다. 나는 엄마의 장미로 손을 뻗었다. 장미 한 가치를 뽑아 불을 당겼다. 엄마는 놀라지 않았다. 종지만한 사기 재떨이가, 또르르 밀려왔다. 따그르르……. 식탁 유리판과 재털이 바닥이 불안정하게 마찰했다. 마치, "안녕? 친구", 하는 것처럼.

우리는 과거라는 수렁에 빠져, 하지만 구조에 대한 기대와 시간과의 싸움에 더이상 연연해하지 않았다. 한 가치의 장미가 엄마와 나를, 하나의 튜브에 매달린 조난자처럼 연결시켰다.

"엄마하고 나는 마, 그 동네를 떠나 부산 바닥으로 흘러들었다. 사변통에, 트럭 짐칸에서 바들바들 떨면서 낙동강을 건넜다. 그래, 할머이는 내보고 다 잊아뿌고 학교 열심히 다니라 카고, 고무공장에를 다녔는데…… 나는 그것도 똑 불안해서 못 견디겠는 기라. 아무리 책을 들이다볼라 캐도, 엄마 언제 오는가, 엄마 언제 오는가, 학교서나 집에서나 그 생각뿐이었다. 나중에는 마, 학교도 도저히 몬 가겠드라. 내가 집에 없을 때, 할머이가 또 어데로 훌쩍 도망을 가뿔까봐. 공장에서 삼십 분만 늦어도 경끼를 했다. 엄마가 없어진다 생각하면, 마, 오금이 저리고, 눈앞이 캄캄한 기. 내가 도대체, 뭐할라꼬, 이 세상에 태어났겠노. 그래서, 흐, 내가 공부를, 몬 했다. 할머이가 안 시킬라 했던 기 아이라, 내가 도저히, 할 수가 없었다."

엄마는, 크아아, 흐느꼈다. 어느 사이 엄마와 나는, 줄담배를 피고 있었다.

"그라다가 마 시집을 안 갔나. 처음 봤을 때는, 느그 아버지가 얼마나 매끈하고 훤칠하던지. 한씨 아줌마 따라 다방에를 탁 들어섰는데, 대번에 눈에 팍 들어오는 기라. 인물 그 까짓거야 아무 소앵 없는데…… 진영 일가에서는 반대가 대단했다. 이북서 혼자 내리온 사람이라꼬, 할머이를 막 뚜아세왔다. 그래도 내보다 할머이가, 더 우기는 데는 우짤 기라. 할머이는 절대로, 낼로 시집 살릴라 카는 데는 몬 보낸다 캤다. 할머이가 누구보다 내 성질을 잘 알았는 기라. 그래서 결혼을 했는데, 딱 일주일 살아보이, 이기 완저이 술도깨비라. 사흘들이 술을 퍼묵는데, 도저히 몬 살겠대. 니도 알겠지만, 우리 친정에는 술을 그래 무식하게 퍼묵는 사람은 없다. 암만 마시도, 양반술은 그래 개차반 안 띤다. 니를 낳기 전에, 이혼을 할 끼라꼬 결심을 했다. 결혼하고 일 년 만에 들어선 아아를 내 혼자 안 지워삐맀나. 그기, 하지만, 그래서는 안 됐던 기라. 지금 생각에는, 그기 똑 아들이었지 싶다. 그때 그 아들만 낳았어도, 내하고 아버지가 지금 이리 비참하게 됐겠나……."

약방 하는 사위는 돈을 벌었고, 딸네 곁의 할머니는 사철 돈이 말랐다.

"그래도 할머이는 아버지를 참말로 좋아했었다. 철철이 약도 달이믹이고, 싸우는가 싶으면, 문전까지 왔다가도 뒤도 안 보고 쌩 돌아갈 만큼 성미가 깔끔했다. 음식도, 오만 가지 몬 하는 기 없고…… 그라다가 할머이한테 돈을 쪼매 빌리줬던가 했는데…… 그 돈 안 갚는다고, 느그 아버지가 술을 고주망태로 퍼묵고 와서, 내한테 마, 말도 몬 하게 퍼붓는 기라. 내가 그때 을매나 분했던지, 손바닥에 피멍이 들도록 장판때기를 내리치면서 통곡을 했다. 차라리 날로 죽이라 캤다. 점방에 있는 수면제를 탁 털어묵고 뻗어삐렀다. 그때는 마, 살고 싶지도 않더라. 어찌 숫치든지, 사흘을 끙끙 앓다 할머이를 찾아갔다. 막 퍼부어뿌렀다. 와 김 서방 돈을 갖다 안 갚고 낼로 이래 송장을 칠라 카노…… 그때는 마, 눈에 보이는 기 없대. 그라고 니도 태어났제, 인자는 마, 내도 우짜든지 내 새끼 잘 키우고 잘 살아야겠다는 생각밖에 안 나는 기라. 죽으나 사나 아버지하고 결판내기로 결심한 것도, 다 니 때문이었다. 흐흐, 내가 아버지 없는 설움을 누구보다 잘 안 아나. 내 새끼한테만은, 절대 아버지 없는 설움을 줘서는 안 된다 싶어, 흑, 아…… 그래 된 기다. 그래서 아버지하고 갈라서도 몬 하고. 하나밖에 없는 엄마 가슴에 그런 못을 박았으이, 할머이가 우땠겠노. 인생 다 덧없고, 딸 겉은 거사 아무 소앵 없다 안 싶었겠나. 그러더이, 마, 그 길로, 선을 보고 서울 재취 자리로 시집을 가뿄다. 할머이 나이 마흔이었다. 사실 시집도 갈 수 있는 문제였제…….”

나는 그만, 이 이야기의 끝은 어딘지 두려워졌다.

셋째 부인에, 과부 되어 애 지우고, 또 재취로 시집간, 외할머니라니.

딱 세 장의 흑백사진으로 남은 외할머니는 내겐 언제나 기품있고 단아한 전통여성이었다.

“그 사진 기억나나?”

엄마와 나는, 동시에 새 장미 한 가치를 뽑아들었다.

대답 대신, 주위를 두리번거렸다. 갑자기 시선 둘 곳이 없었다. 선반에 얹힌, 잭 다니엘즈를 병째 가져왔다. 유리컵 절반쯤 콸콸 따라부었다. 마시기도 전에 취해버린 느낌이었다. 단숨에 털어넣었다.

"우리 덕수궁 갔을 때 외할머이하고 찍었던 사진 말이다. 갔던 기억은 안 나제?"

겨우 고개만 끄덕였다.

"그럴 끼다. 원체 어렸을 때니까. 그때가 내도, 할머이를 마지막 본 땐 기라. 서울로 시집간 할머이가 딸로 낳았다 카는 소식만 듣고, 전화 한 통 없이 소식을 끊고 살다가. 그때만 해도, 부산서 서울이라 카면, 여서 미국 가는 거맨치로, 한 번 가면 못 볼 데였다. 그래도 엄만데, 내가 가볼 마음만 있었으면, 와 몬 가봤겠노. 그건 다, 내가 가볼 마음이 없었던 탓인 기라. 나는 할머이가 똑 챙피해서 죽고 싶었다. 우찌 수치스럽고 챙피스럽던지, 할머이가 마, 팍 죽어뿠으면 좋겠다꼬 생각했다. 그때만 해도, 여자가 호적을 파서, 딴 집에 간다는 거는 여간해서는 상상을 몬 했다. 지금 생각하면, 그래 후회스러블 수가 없다. 내가 나서서 할머이 결혼을 시키드렸어도 부족했을 낀데…… 다시는 얼굴도 보기 싫다고, 떠나는 할머이 뒤꼭대기에 대고 패악만 안 부렸나. 그 아아 있제? 와, 니캉 사진 찍은 아아……."

유미? 내 어릴 때 서울 친구?

"그 아아가, 그라이니까. 실은, 엄마 동생이었던 기라. 니한테는 그 아아가 이모다, 이모."

"뭐? 이모?"

아뜩했다. 추억 속의 그 아이가 이모였다니. 현기증이 엄습해, 의자와 함께 뒤로 자빠질 것 같았다. 내처 들이킨 또 한 잔의 잭 다니엘즈 탓인지도 몰랐다.

"그 아아가 지금 우째 됐는지. 내 죽기 전에, 그 아아를 한 번 만나는 것이, 지금 내 유일한 소원이다. 내가 그래, 할머이도 버리뚜고, 그 아아도 버리뚜고. 잘 살았으면 이래 말도 안 한다. 할머이는, 그 길로, 얼매를 더 몬 살고, 마, 안 돌아가싰나. 속이 울매나 탔으면, 그 청청한 나이에 불귀의 객이 되고 말았겠노. 몇 년 몬 가서, 할머이 죽었다는 소식이 왔대. 그란데도, 내는 몬 가봤다. 중풍이라 카는데, 무슨 놈의 중풍이 그래 일찍 왔겠노. 오십도 못 돼 중풍으로 죽는 사람 봤나? 중풍이 아이라, 화뺑 아이었겠나. 무덤도 없다. 느그 아버지가 서울 가서, 할머이 뼈를 가지다, 한강물에 훌훌 띄워버렀다. 내가 뺏어 오라 캤다. 우리 엄마 꺼라고, 죽어도 뺏어 와야 된다 캤다. 아라 낳은 지 얼마 안 됐을 때였다. 또 딸로 낳았다고 아버지가 석 달 열흘로, 스트레이트로 술만 퍼마시고 다닐 때. 안씨, 백씨, 또 뭐시고, 그 신창선이 에비, 신 뭐시고, 와 말이 안 나오노, 그 빌어쳐묵을 놈의 영감쟁이들, 지금 생각해도 치가 떨린다. 다 그놈의 영감쟁이들이 위로주를 내네, 뭐네, 아버지한테 바람을 넣어갖고는, 그래 똑 정신벵자맨치로, 술로 퍼묵대. 우째 속이 상했던지 맨날천날 울고불고, 퉁퉁 불어서, 내는 아아 데꼬 도저히 올라가보지도 몬 하겠드라……."

엄마는 하염없이 휴지를 푼다.

"하지만도, 인생이 이렇다. 이래 후회스러브면 뭐하겠노. 죽어서 할머이를 한 번 볼까. 그라믄, 내가 엄마한테 잘못했다, 말 한마디라도 할 낀데…… 죽어서 몬 알아보먼, 그 짓도 몬 하겠제. 그 아아를 꼭 찾아서, 내가 언니라꼬, 말 한마디라도 했이면 좋겠는데…… 그 아아가, 할머이를 닮아서, 인물이 참 예뻤다. 미인 됐을 끼다…… 어데, 잘 커서, 시집이라도 갔는가…… 이래 몬 만나고 죽어도, 지는 그냥 잘 살고 있어야 되는데……."

밤을 새운 새벽처럼, 피곤이 엄습했다. 아직 해기도 돌아오지 않은 시간인데. 소파에서 쌔근거리던 해미가, 몸을 뒤채며 이불을 걷어찼다.

"그래, 엄마 때문에 힘들제?"

나는 연신 머리칼 사이에 손빗만 찔러넣는다. 엄마를 위로하고 싶은데, 말이 나오지 않았다. 습벽이다. 한 번도, 진심으로 엄마의 삶을 내 안으로 끌어당긴 적이 없었다.

"니한테 폐만 끼치고. 그 좋다는 공부, 끝까지 시키주길 했나, 결혼할 때 해준 기 있나, 아아 낳았을 때 해준 기 있나. 맨날천날, 엄마, 아버지 때문에 고생만 시키고. 세상천지에 내 같은 엄마가 어데 있겠노……."

나는 제풀에 사래가 들린다. 콜록콜록. 엄마의 일방적인 사죄를 받을 자격이 없다.

"내가 니를 떠나야 되는데……."

어, 엄마…….

"이 나이에, 반벵신이 다 돼갖고, 할머이처럼 새로 시집이사 몬 가겠지마는, 마, 일간, 도로 내리갈까 싶다. 세든 사람 방 빼는 데, 시간이 쪼개 안 걸리겠나. 내사 마, 그 들어가서 사는 데까지 살다가 죽을란다.”

마침내 엄마가 일어섰다. 휘청거리며 냉장고를 열고, 찬 물병을 꺼냈다. 불현듯 겨드랑이 밑이 쑥 빠진 것처럼 허전했다. 뭔가, 내 차례라는 생각은 드는데. 뜨거운 뭉치만 치받칠 뿐, 단 한마디도 할 수 없었다. 물컵을 내려놓는 엄마 얼굴은, 종기처럼 벌겋게 부풀었다. 엄마가 작은 상자라면, 그 순간 껴안아주었을 것이다. 이상하다. 생전의 부모는, 가장 텅 빈 순간에도 결코 작고 가볍지 않다.

작은방으로 들어간 엄마가 약봉을 부시럭거린다.

이젠 내 차례야. 이젠 내 차례. 나는 연신, 중얼거린다. 이 침묵과 가슴아픈 망설임의 진실성을 엄마가 알아주길 희망하면서.

작은방의 엄마는 드러눕는다.

나도, 소파 위, 해미 곁에, 모로 뒹굴었다. 금세 혼미하다. 술기운 탓인가.

해미의 숨결이, 뜨거운 바람처럼, 내 왼쪽 볼과 목덜미를 후덥지근하게 달군다. 눈두덩과 낮은 코, 윗입술이 뾰중 솟아나온 옆모습이 삼키고 싶다. 엄마와 나, 해미를 휘감아버린, 넝쿨 속에서 나는 짧고 강렬하게 갈망한다.

에드워드 가위손이 있다면.

14. 창의 안쪽

그로부터 사흘 간, 엄마는 일어나지 못했다.

지독한 몸살이었다.

그 사흘 내내 주룩주룩 겨울비가 내렸다. 수많은, 열심히 살아보려고 했지만 잘 살아지지 않는 마음들의, 탄식 같았다.

그 동안 한 번도, 여왕이 도사린 방의 문을 열지 않았다. 내다버리지 못한 이십 리터짜리 쓰레기봉투가 세 묶음째 뒹굴고, 바구니에 빨래가 넘쳐났지만 세탁기도 돌리지 않았다.

그렇다고 어수선할 건 없어. 삶이 멎어버린 건 아니잖아.

나는 오래 전에 잃어버린 내 마음의 맑은 부분을 복원해

내려고 진종일 창밖만 쳐다보았다. 빗발이 창을 때리고, 뽀얀 성에가 앞을 가릴수록, 더 맑은 바깥을 보고 싶었다. 가능하기만 하다면, 모든 빗물을 내 손바닥으로 지워, 비와 창밖의 맑음을 또렷이 분리해내고 싶었다. 손바닥으로 빗물을 지웠다. 끊임없이 눈금을 찍어넣는 비의 센티미터자, 움트지 않곤 배기지 못하는 비의 봄눈, 비의 이슬방울들. 하지만 그래서는 아무 소용 없었다. 내가, 창의 안쪽에서 빗물을 닦아내려 하는 한.

하지만 나는 별로 달라지지 않을 것이다. 변화는 단 한 번도, 내가 원하는 방향에서 걸어오지 않았다. 엄마도 그리 많이 변치 않을 것이다. 아직도 엄마는, 우리에게 필요한 진정한 변화가 무엇인지 알지 못한다. 애시당초 엄마에겐, 삶은 누림이지 사색이 아니었다.

그러니 그 변치 않음에 너무 절망하지 않아야 한다. 내겐 더이상, 비탈을 구르는 살바퀴를 막아설 힘 같은 게 남지 않았다. 진작 아무 희망 없이, 서로를 바라볼 수 있었으면 좋았을 것이다.

더 깊이, 내 재앙의 상징인 짙푸른 잉크빛으로 빠져들어야 할 뿐. 이젠 나의 차례. 여기서 삐끗해, 내생에 또다시 똑같은 사람들로 만난다면, 그땐 정말로 후회하게 될 것이다.

함께 있는 시간만이, 짧게 작열했다 소멸될 하나밖에 없는 기회였다.

십이월 십일.

엄마는 사흘 만에 처음, 매일 아침의 인슐린 주사를 홀로 허벅지에 꽂았다. 죽을 때까지 인슐린이 필요한 꼭 그만큼, 무언가 다른 것도 엄마에겐 필요했던 것이다. 하지만 나는 아직, 엄마를 향해 내 껍질을 완전히 깨뜨려 보이는 것 같은 제스처는 취하지 않았다. 자존심 때문인지, 더욱 곤경에 빠질까 두려워함인진, 확실치 않았다.

어쨌든 시간이 필요하다고 생각했다.

물론 시간이 우리에게 어떻게 살라고 가르쳐주는 것은 아니다.

나흘째 아침, 우리는 모처럼 같은 식탁에서 늦은 아침식사를 했다. 엄마는 마치도 조만간 진짜 떠나버릴 사람처럼, 모호한 마음을 내비쳤다.

"세 준 사람들한테 미리 전화라도 해주야 될 낀데……."

일주일 후면 해기도 방학이었다.

"해기 방학하면 롯데월드라도 놀러 갈까?"

석 달 동안, 빈말로나마 어디 놀러 가자고 청한 적은 없었다.

"놀러는 뭐. 이기 맨날 노는 거 아이고 뭐꼬? 와? 가기 전에 엄마 환송 파티 해줄라꼬?"

츱, 웃고 말았다.

"이봐라, 아정아, 콩나물은 그냥 무치는 것보다 데친 물 쫄 따라내고 참기름에 볶는 기 제일 맛있다. 다음에는 그리 한 번 해봐라."

엄마의 기분이 차츰 제자리를 찾아갔다.

겨울비가 싸락눈으로 변했다. 찬바람이 휙휙 몰아쳤다. 해기를 데리러 나가야 할지, 베란다 밖이 거슬렸다. 열두

시도 전인데, 해미는 벌써 꼬박거린다. 날씨 탓인가. 나는 기지개를 켰고, 식사를 마친 엄마는 약보다 먼저 손가방을 꺼내들고 일방으로 들어갔다.

"엄마, 담배는 식후 딱 한 대씩만!"

좀 우렁찼던 탓인가. 엄마는 어리어리한 듯, 나를 힐끔 쳐다보았다.

엄마의 연초를 방해한 것은 두 종류의 소리였다. 하나는 해기의 초인종. 좀더 중요한 또 하나는 전화벨 소리였다.

"채 여사 댁입니까?"

컬컬한, 그러나 나이를 짐작키 힘든, 남자 목소리였다.

"네."

채 여사?

너무 생소했다. 하지만, 채 여사 댁이 아닌 것도 아니었다. 선자, 영자를 쓰는 엄마 성씨는 분명 채씨다. 목소리는, 그 채 여사를 바꾸라는 말도 없이 헛기침만 하고 있었다.

그리 놀랍진 않았다. 엄마는 늘 엉뚱했다. 늙고 쪼그라들었다 해서, 엉뚱하지 말란 법이 있는가. 되레 구미가 동했고, 누군지 신선하기까지 했다.

"엄마, 전화! 어떤 아저씨야. 채 여사 바꾸라는데?"

"뭐꼬? 아저씨?"

엄마는 피던 장미를 후닥닥 누질러 끄고, 휘청휘청 마루로 걸어나왔다. 내처 입이 찢어져라 하품을 하고, 내의 속에 손을 넣어 벅벅 등을 긁고, 주먹으로 어깨를 때리며…… 저래서야 어느 누가 매력을 느낄지.

눌꼬……?

"여보세요. 예, 예. …… 예? 아, 예!"

마지막 '예!'에서, 엄마 음성은 하이톤으로 소스라쳤다.

"안녕하십니까? 세상, 우짠 일입니까. 여, 전화뻔호는 우째 알고…… 아, 예! 그렇지예, 뭐. 예, 우리 아정이, 큰딸집. 뭐시 돼예? 뭐시 되기는, 마, 아아 에미지. 여자사 마, 그기 제일로 편코 안 좋십니까? 사위예? 사위는, 마, 월급쟁이 안 합니까? 그것도 마, 요새 세상에는 월급쟁이가 제일 속이 편타. 즈그끼리사 도란도란 잘 삽니다. 아, 아입니다. 갈 낍니다. 하도 몸이 안 좋아서, 밥 좀 얻어묵을라꼬, 잠시 안 와 있습니까. 껄껄껄……."

마, 아아 에미, 라는 소리에 내 입술이 씰룩한다. 엄마는 기분 좋게 깔깔거리며 나를 눌러놓았다. 그래, 그랬군. 엄마도 벌써 알고 있었군.

"예. 마, 그렇습니다. 몸이 쪼매 안 좋고, 이라다가 폭싹 늙어 죽겠지예, 뭐. 아이고, 무슨 말씀을. 오래 살아 뭐합니까? 그랄 만한 낙도 없습니다. 자식예? 자식이 뭐, 다 그렇지, 요새 자식들이 늙어 힘 못 쓰는 부모 같은 거, 우데 좋아합니까? 다, 즈그 살기 바쁘지. 부모도예, 돈 있고, 빽이나 쓸 때, 부모 대접 안 받습니까? …… 예, 예, 아이구, 내는 마, 그런 생각은 밤톨만큼도 없어예. 마, 사는 동안, 밝게, 둥글게, 남한테 폐 안 끼치고 살다 갈라꼬, 마음을 독하게 안 묵었십니까? 예? 보살 다 됐다꼬? 으, 크하하…… 고목에 꽃은 무신, 고목도 고목 나름이지예…… 껄껄껄…… 그 친구들도, 마, 다 그렇게 안 늙어갑니까? 이제사 마, 다 쭈구렁 할마십니다, 크하하……."

이야기는 한번 만나자는 데로 흘러갔다. 모월 모시 모처라고 약속까지 확실히 잡혀나갔다.

"그래, 살아 있으이, 이래 연락될 때도 있네예. 크하하…… 재밌다. 모다, 반가버서 어짤 줄 모를 낍니다."

엄마는 귀뿌리까지 빨개진 얼굴로 수화기를 살픈 내려놓았다.

"누군데?"

"아, 이 아저씨?"

엄마는 새삼 반문하며, 다정스레 내 얼굴을 쳐다보았다. 언젠가, 엄마 얼굴에 꼭 저런 복사빛을 보았던 적이 있다.

"저 아저씨가……."

재미나 어쩔 줄 몰라했다.

"옛날에, 향숙이 아줌마 좋아했던 아저씨다. 향숙이 아줌마사, 안 인테리가? 인물이사 쪼깨이 쳐졌지만서도, 교양은 철철 흘러넘쳤다. 저 아저씨하고 둘이 좋아지서, 이혼을 한다 만다, 생난리를 쳤는데, 신아가 마, 공부 안 할라 카는 바람에, 신아 알제? 향숙이 아줌마 둘째딸, 식구대로 보따리 싸들고 홀랑 미국으로 이민을 안 갔드나. 그 이민 그기, 아마 사랑의 상처를 잊고, 남편하고 새출발할라꼬 갔던 길끼야. 저 아저씨가 우리 밥도 잘 사주고, 노래도 그래 기가 막히게 잘 불렀다. 그때사 노래빵 같은 기나 있었나? 해운대 백사장서도 부르고, 송정서 갈비 뜯으면서도 불렀는데, 오하하…… 맥주를 한잔 하고 촥, 불렀다 하면, 모다 오줌을 안 쌌나. 부산이사 오만 데 때만 데가 다 바다 아이가. 해변의 여인이 아저씨 십팔번이다. 우째 변했을꼬? 아이고 뭐, 폭싹 늙었겠지. 세월에 장사 있나? 그래, 저 아저씨가, 유리네하고 연락이 돼서, 내가 여 있는 거를 알았단다. 낼로 그래 보고 싶단다."

"그래서?"

마른침을 꿀꺽 삼켰다.

"그래서는? 얼굴이나 한번 보자는 거지. 가만 있어라, 이럴 게 아니라, 노박이한테 전화를 한번 해봐야지."

엄마는 푸드득 일어나 다시 수화기를 집어들었다. 전자렌지 위 수첩을 펼치라고 수신호를 보냈다.

"그 유리 엄마라고 있을 끼다. 전화번호 쫌 불러봐라."

나는 'ㅇ' 항목을 뒤져, 유리 엄마 전화번호를 떠듬떠듬 불렀다.

"여보세요, 유리네 아입니까? 누고, 노박이가? 야, 노박아, 내다. 남포."

남포란, 옛날 우리 약국의 상호였다. 엄마 친구들은 엄마를 부를 때, 주로 '아라야', 했지만, '남포야' 하기도 했다.

"응? 우짜꼬…… 으, 키키키, 니도 벌써 알고 있었드나? 이봐라, 오빠가 우째 그리 아직도 품위가 있노? 사람이 서글서글한 기, 농담을 해도 고상하고, 옛날하고 똑같드라…… 응?"

자반스럽던 엄마 표정이 일순, 흐려졌다.

"세상에, 폭싹 망했다꼬? 언제? 응…… 그랬드나? 마누라가 도망을 다 가고. 우찌 하겠노? 이봐라, 그런 사람도 망하나? 아이, 그 사람은 우짜다가 폭싹 망했노? 증권? 세상에, 증권 때문에 그랬나? 그거는 우째, 법으로 호소해도 안 되는가? 그런 엉터리 같은 걸 뭐하러 하노? 돈 있으면 땅이나 사놓지. 내나 쪼개 띠주든가."

엄마의 수다는 끝없이 이어졌고, 간간 폭소가 쏟아졌다. 특히, 아저씨가 망했다는 대목은 엄마에겐 엉뚱하게도 코믹 릴리프가 되고 있었다.

수화기를 내려놓은 엄마는 어깨를 으쓱했다.

"언제 만나? 뭐 입고 나갈 거야?"

나는 물으며 해기를 꼭 끌어안았다. 이런 대화 중엔, 적절한 대목에 꼬박꼬박 질문을 쳐주는 게 엄마와 나 사이의 오랜 불문율이었다.

"언제 만나냐꼬? 크리스마스 이브에 만나잔다. 크리스마스가 언제고? 아직 가맣제?"

엄마 낯빛이 문득 흐려졌다. 뭔가 석연찮다는 듯, 베란다 밖으로 시선이 펴져나갔다.

"이봐라, 아정아, 크리스마스 때면 우리 아라가 여 와 있겠제?"

"그렇겠지."

"그라먼 우짜꼬. 크리스마스 때까지 내가 여 있어야 되나, 우짜노?"

엄마 눈빛이 망설임과 응석으로 교직되었다.

"우짜긴?"

그런 눈으로 날 보지 마. 날 시험에 들게 하지 마.

해기가 내 품에서 와락 튕겨나갔다.

"그렇제? 그라먼 크리스마스 때까지는 그냥 있어야 되까……."

잔뜩 풀이 죽어, 부르르 몸을 털었다.

"날씨가 와 이렇노? 사람 운신 몬 하게. 뒷골이 막 땡긴다. 가만 있자, 내가 뭐하노. 약도 안 챙기묵고……."

엄마는 주섬주섬 약봉을 챙겨들었다. 전에 없이 오른쪽 다리를 절룩거린다.

"아이고, 아라야, 아라야…… 밥 먹었나, 라면 먹었나. 귀신이 곡을 해도, 내는 모르겠다. 니가 우째, 아영이만큼도 몬 살아내노……."

열린 문 사이로, 구성진 넋두리가 흘러나왔다.

아라 얘기에 다시 눈앞이 아뜩해졌다.

크리스마스라…… 크리스마스 이브에 만난다구?

그럼 그때까진 일을 끝낼 수 있을까.

아니, 어쩌면, 영원히 끝내지 못할 수도 있었다.

하지만 어쨌든.

크리스마스 때까지, 엄마와 내겐 시간이 있는 거였다.

수상 소감

주술을 걸어오는 내 마음의 소리

나도 물론, 학교 갈 날을 손꼽아 기다렸던 아이였다.

헐거워 보이는 교복을 입어보며, 아직 손가락을 물고 있는 동생들 앞에서 뻐겨 보이기도 했다.

그러나, 입학식날 아침.

처음 가는 학교길은, 두 개의 신호등 사이가 아득해 보이는, 큰길을 세 개나 건너뛰어야 했다.

뎅그란 운동장을 보자, 불현듯, 이모 품처럼 포근했던 유치원 안마당이 그리워졌다. 감색 제복의 선생님들은, 내가 가장 무서워했던 모나리자 화상을 연상시켰다.

어떤 꼬투리라도 찾아내서, 도로 유치원으로 돌아가고 싶었다.

철봉대 밑에서, 비둘기들이 아직 꽁꽁 언 맨땅을 쪼고 있었다.

함께 갔던 옆집 영진이를 꼬드겼다.

"저것 봐라."

"비둘기다."

"난, 비둘기 싫다."

"나도."

"우리, 여기 다니지 말래?"

그애와 나는 엄마들 몰래, 집으로 달아나버렸다.

육 개월간, 나와 영진이는 등교길마다 꼭 붙든 손에 힘을 주며 그 길의 껄끄러움을 견뎌냈다. 언제나, 최단거리를 쌩쌩 지나쳐, 달리고 걷다간 또 달려가곤 했다.

가장 짧은 길을 택해도, 길은 좀체 매끄러워지지 않았다.

그래도 그 길을 버리지 않을 수 있었던 건, 어쩌면 조막만한 영진이 손의 온기 덕분이었을 것이다.

그런 어느 날. 무덥던 7월 아침이었다.

교문 앞 백 미터쯤.

저만치, 어떤 물건을 보게 되었다. 나는 영진이 손을 홱 뿌리치곤, 그애 등뒤로 파들짝 비켜섰다.

그애는 무심코, 몇 발짝이나 앞서나갔다. 갑자기, 눈앞의 그 물건은, 영진이 얼굴 앞으로 푸드득 날아올랐다. 그애 어깻죽지를 올라타고 날갯죽지를 퍼드득거렸다.

우와아…….

영진은 울음을 터뜨렸고, 하얗게 질린 나는 쏜살같이 전봇대 뒤에 웅크렸다.

그 흉물스런 물건은, 한 마리의 커다란 장닭이었다.

그날부터 우리는 남남처럼 멀어져갔다. 내가, 다시는, 그 길을 되밟으려 하지 않았기 때문이었다.

영진이를 놓친 학교길은 더욱 막막하고 착잡했다. 무언가 의지할 게 있어야 했는데, 그게 무언지 알 수 없었다.

매일 아침, 학교길에 깔린 수백 개의 간판들을 헤아리면서, 어린 마음의 공허감을 메워갔다. 하지만 그 많은 간판을 일일이 새겨본다는 건, 거의 불가능했다. 학교길은 점점 더 숨가빠졌다.

주술을 걸어오는 내 마음의 소리를 듣게 된 건, 그런 곤경 속에서였다.

소리는 이렇게 말했다.

무수한 간판 중에서,

'반드시 병원 간판만, 반드시 소리내어 읽으며 따라가거라.'

첫번째가, 황동주 신경정신과였을 것이다.

그리고, 김치과, 최보연 소아과, 김철회 성형외과, 춘해병원, 박외과, 김향숙 산부인과, 이내과, 팔달 접골원, 이상자 조산소…….

그들의 이름을 짚어나가면서, 나는 서서히 학교 가는 길의 까마득함을 잊게 되었다.

꼭 삼십 년 후.

창 밖 뙤약볕에 현기증을 느끼고 있었다. 불쑥 걸려온 한 통의 전화가, 당선 소식을 알려주었다.

나는 막 점심을 먹으려던 참이었다. 하지만, 저녁까지 한 술도 뜨지 못했다. 급기야 뜬눈으로 밤을 새야만 했고, 끙끙 소리내며 앓았다.

마치, 유치원밖에 몰랐던 아이가 낯선 교정에 첫발을 들여놓은 것 같았다. 그때 그 교정은, 지나치게 춥고 지나치게 넓었으며 지나치게 축제적이었다.

어디에, 그날의 비둘기는 없을까.

육 개월간, 긴 등교길을 함께 걸었던, 영진이 손 같은 게 불쑥 그리워지기도 했다.

이튿날 오후. 꽃시장에 갔다.

아직 넝쿨을 뻗지 않은 아기 화분들 중에서, '스킨'을 골라냈다. 치렁치렁 잎새를 드리울, 넝쿨의 미래를 그려보며, 이번엔 터무니없이 오만해졌다.

그날 밤. 넝쿨은 삽시간에, 외계식물의 혓바닥처럼 무서운 속도로 쑥쑥, 뻗어나갔다. 황홀경은 순간적일 뿐이었다. 불시에 넝쿨은 내 몸을 칭칭 휘어감았고, 공포에 사로잡혔다. 깨어나려고, 몸부림쳤다.

휴…….

"무서운 꿈을 꿨어."

여섯 살짜리 아들의 순진한 눈에서 위안을 구하려 했다.

"엄마, 그럼 눈을 떠. 눈을 뜨면 꿈이 없어져요."

아차, 그렇게 간단한 걸 몰랐었구나.

오랫동안, 내 앞의 생을 있는 그대로 보아내지 않으려 했다. 나는 필사적으로 현실 대신 몽환을 끌어안을 수밖에 없었는데, 아마 그 즈음부터, 내 눈은 보는 힘을 잃어갔다. 각막은 두터워졌을 뿐 아니라, 형태의 원형조차 상실해갔다.

마치 보지 않으려는 사람에겐, 눈도 필요없다는 식의 주술 같았다. 그럴수록 삶은 내 발목을 휘어감아 더 깊은 구덩이 속으로 빨아들였다. 나로부터 소외된 어떤 진실들의, 앙갚음이었다. 그 사실을 깨달은 것은 지극히 최근이다.

나는, 나를 배반해선 안 되리라.

달걀 노른자와 식초 몇 방울, 그리고 샐러드유를 섞어, 한 방향으로 휘젓던 내내, '지상에서 가장 슬픈 곡'을 들었다. 그리고 아주 골똘히, '결함'들이 '세계'와 만나 나가는 방식에 사로잡혔다. 이를 어째. 이를 어쩐다지? 세상 모든 곳에서 질척거리는, 이 '결함들의 끈기'를.

오랫동안 애증이었을 뿐인 그 '불구'들에게, 이 순간, 형언할 수 없는 죄책감과 사랑을, 실토한다.

소스가 완성되는 과정을 견뎌준, 사람들이 있었다. 나는 굳게 문을 닫고, 동그란 잠금쇠를 눌러버리려고만 했다. 언제나 그 문 밖에서, 그 문을 두드리며, 문을 열어달라던, 아이들도 있었다.

달걀 껍질처럼 동그란 마요네즈 볼 속에서. 지금은.

아주 물끄럼한 어머니의 얼굴이, 담담히 웃어주신다.

뼈도 여물지 않은 글을 가려주신, 심사위원 선생님들께 감사드린다.

게다가 겨울이 아니어서, 난 무척 행복하다.

—전혜성

본심 심사평

김윤식

안정감이 강점. 남편과 두 아이를 가진 36세의 주부 겸 남의 전기 대필을 부업으로 하는 '나'(주인공)의 얘기라고 하면 먼저 답답함을 느끼기 쉽다. 실제로 그렇기도 하다. 인내심이 요구되는 그러한 작품이다. 그만큼 각고의 노력을 기울인 증거이기도 하다.

인내력이 요구되는 것은 특히 작품의 앞부분. 이 고비만 넘기면 작품은 의외로 풍요로워지기 시작한다. 아비와 어미 그러니까 가족사이기 때문이다. 그것도 유년기에 겪었던 가족사이기에, 언제나 그것은 막걸리모양 우리를 취하게 한다. 이 경우 '우리'라는 점에 주목할 것이다. 그것은 '우리 소설'을 가리킴이며, '우리 독자'를 가리킴인 것. 아비는

6·25였다는 명제도 그것이다. 북쪽에서 생물교사였던 아비가 월남하여 시장바닥에서 이런저런 삶을 이어갔고, 여인을 만나고 가정을 이루어 뿌리를 내렸다 치자. 그 뿌리가 과연 튼튼했을까. 분단문제(이산가족)가 거기 안개처럼 가로막고 있지 않겠는가. 어미의 경우는 어떠할까. 외할머니까지 거슬러올라가지 않더라도 그런 남자와 가정을 이룬 여인이라면, 거기 또 무슨 종류의 안개가 가로막고 있었을까. 구역질 나는 마요네즈의 번들거림이 어찌 우연이랴. 이런 안개들을 깡그리 걷어낼 수는 없는 법. 그 안개와 더불어 살아갈 수밖에 없고 그렇게 살아버린 사람들과, 이를 지켜보면서 성장하여 어른이 된 한 여인이 조용한 목소리로, 때로는 격한 감정으로, 결코 비단일 수는 없는 한 필의 무명베를 짜내고 있다. 이 옷감 속에 「그해 겨울은 따뜻했네」(박완서)와 「쥐잡기」(김소진)의 작품 무늬가 그림자처럼 새겨져 있음이 어찌 우연이랴.

도정일

「마요네즈」에서 내가 가장 많은 점수를 준 것은 이번 신인작가상의 다른 응모작들과 비교했을 때의 상대적 강점들—다시 말해 문제 구성력과 인물 만들기의 탁월성, 그리고 진실에 대한 집착의 강인성이라는 부분이다. 이 작품은 시류에 반하여, 또는 세상의 편안한 믿음을 박살내며, 가족과 모성애라는 것의 진실에 대한 양보할 수 없는 작가적 발견과 통찰을 제시한다. 그 발견은 우리가 아는 세계의 신성한 성곽 한구석을 사정없이 허물어뜨리고 그 통찰은 세상을 떠받치고 있는 가치들의 외피에 균열을 일으키면서 그것들의 불안한 허구성을 보게 한다. 소설문학의 정수에 다가서려는 결기와 노력이 아니고서는 이만한 진실을 이처럼 끈질기게 파고들 수 있었겠는가. 흥미롭게도 이 작품에서 가족이라는 것은 인간의 품위를 최대한 망가뜨리는 파괴적 공간이며 어머니라는 존재는 마요네즈처럼 끈적하고 해묵은 상처 딱지처럼 처리곤란한, 혹은 주인물 화자가 벗어던지고자 하면서도 벗어나지 못해 질질 끌고다녀야 하는 유충의 허물 같은 것이다. 세상을 향해 난처한 질문 던지기 – 이것이 내가 소설문학에서 중시하는 문제 구성력이다. 소설 「마요네즈」의 서사는 가족과 모성애라는 두 가지 가치에 대한 근원적 질문을 제기하고 그 진실을 천착하며 작중의 '어머니'를 질긴 방식으로 그려 보임으로써 우리가 아는 친숙한 세계의 구성 방식을 새로운 눈으로 보게 한다. 어머니라는 존재가 이처럼 흥미로운 성격과 모습으로 형상화된 최근의 예를 나는 알지 못한다.

이 작품에도 아쉬운 구석이 없지는 않다. 두 가지만 지적하기로 하자. 작중의 아버지는 어머니와의 결혼 초기에서부터 아내를 구타하는 일방적 가해자로 등장하는데, 그 아버지의 이상한 주벽과 폭력의 근원에 대해 이 작품은 아무 언급도 하지 않는다. 주인물 화자는 아버지가 죽은 뒤 꿈에서 그 아버지와 화해하지만 그 화해가 아버지에 대한 주인물의 어떤 이해에 근거한 것은 아니다. 이 가해자의 이상한 폭력의 기원에 대해서 작가는 별로 관심이 없어 보인다. 그러나 알고 보면, 그 아버지는 북에서 결혼하고 살다가 남으로 내려온 남자, 다시 말해 뿌리뽑힘, 이산, 유랑이라는 아픈 경험을 가진, 그의 운명을 바꾸고 지배한 더 큰 역사적 폭력의 피해자라는 것을 독자는 이야기를 통해 알 수 있다. 역사의 횡포하는 큰 덩치의 폭력 구조와 가족 단위의 폭력은 서로 이어지고 연관될 듯한데, 이에 대한 화자의 이해, 진술, 사유는 거의 전무하다. 소설은 사적 경험을 이야기하면서도 그 이야기의 한 끄트머리를 공적 영역에 이어놓는 특수한 서사양식이라는 것을 이 작가는 알아두었으면 싶다. 작은 세계와 큰 세계 사이에 있을 법한 상관관계에 주목하는 것은, 비록 그 관계를 명시적으로 서사화하지 않는다 하더라도, 한 작품의 규모와 차원을 키우고 의미있게 한다는 점에서 극히 중요하다. 지적하기 민망한 일이지만, 우리의 여성작가들이 대체로 이 부분에 대한 노력과 인식에 별로 투자하지 않는다는 것은 '큰 문학'을 위해선 불행한 일이다. 또 하나, 소설「마요네즈」는, 아마도 분량의 제약 때문이었을 듯싶지만, 주인물 화자 자신이 결혼해서 일구는 가족의 모습이나 그 자매들의 삶에 관한 이야기에 대해서도 너무 인색하다. 짧은 분량으로도 서사를 풍요화할 수 있는 방법은 얼마든지 있지 않겠는가.

서영은

어머니의 성격 창조가 탁월하고, 그것이 기존의 소설 속에 자주 등장하는 헌신적인 어머니 상과 정반대인 점이 흥미롭다. 어머니에 대한 사회통념을 여지없이 깨어부수고, 사랑이란 이름의 가족이기주의의 울타리가 되고 있는 가정 안에서 저질러지고 있는 폭력을 거침없이 드러내 보여주는 작가의 문제의식이 참신하다.

또한 인물 한 사람 한 사람에 대한, 특히 어머니에 대한 정밀묘사는 날냄새가 나도록 살아 있고, 생의 리얼리티 속으로 깊숙이 칼집을 넣으려 애쓴 흔적이 엿보인다. 의식불명인 채 죽어가는 아버지 곁에서도, 손자손녀의 뒤를 보살펴주기는커녕 오히려 짐스러워하며, 자신은 미용을 위해 번거로움도 무릅쓰고 샐러드에 넣는 소스인 마요네즈를 머리에 허옇게 바르고 있는 장면 등이 그러하다.

어머니와 '나'의 횡측 관계는 두드러져 보이나, 아버지나 다른 자매들과의 종측 관계에서도 있음직한 갈등이 생략되어 있는 점이라든가, 외할머니, 아버지, 어머니, 그리고 '나'와 나의 아이들로 이어지는 피의 순환고리가 어머니의 말로 드러나기보다는, 작품 내의 서사구조를 통해 자연스럽게 드러났더라면, 하는 아쉬움이 있음에도, 이 작가의 작품을 당선작으로 꼽는 데는 아무 주저함이 없음을 밝혀둔다.

편집자주 : 이 책에 실린 본심 심사평은 전문 중에서 『마요네즈』에 관한 부분만을 발췌수록한 것임을 밝힙니다. 전문은 계간 『문학동네』 '97 가을호에 실려 있습니다.

인터뷰

나의 관심사는 사람들의 '상처'

최재봉(문학평론가)

모든 새로운 것은 설렘과 기대를 동반한다. 새로운 소설가 역시 마찬가지다. 새로운 소설가의 탄생은 새로운 소설의 탄생이라고 해도 좋으리라. 새로운 소설가는 자신의 새로움으로 기존의 소설문학에 새 피를 흘려넣는다. 신선한 피를 수혈받은 소설은 그로 하여 다시금 젊어지고 씩씩해진다. 새 피를 공급받지 못할 때 소설은 늙고 굳어져, 마침내는 소멸의 운명을 만난다. 소설을 하나의 생명체로 파악할 때, 새로운 소설가의 등장은 그 생명체의 존속과 진화에 필수불가결한 요소라 할 수 있다. 한편으로 새로운 소설가 당사자에게는 자신의 새로움으로 기존의 소설을 새롭게 만들 갱신의 의무가 지워지는 셈이다. 새롭게 등장하는 한 사람의 소설가에게는 이처럼 커다란 기대와 무거운 책임이 따르는 것이다. 너무 부담스러운 이야기인가. 그렇다면, 기대와 책임의 자리에 기회와 권리를 놓는다면 어떨까. 부담이 의욕으로 바뀌지는 않겠는가.

「마요네즈」라는 당돌한 제목의 소설로 제2회 '문학동네 신인작가상'을 움켜쥔 전혜성씨를 만나면서 나는, 당연히, 설레었다. 그 설렘은 실은 소설 「마요네즈」를 읽으면서부터 시작되었다. 이 낯선 소설이 약속하는 문학적 새로움에의 기대가 나를, 맞선 자리에 나간 숫총각처럼, 설레게 만든 것이다.

「마요네즈」라는 잘 읽히는 소설을 통독하는 동안 새로움의 정체에 대한 궁금증은 어느 정도 가셨다. 하지만, 소설 읽기만으로는 채워지지 않는 부분이 있는 법이다. 작가와의 만남은 작품을 읽고 나서도 남는 미진함을 말끔히 씻어주리라.

새로운 소설가를 만날 때 우리가—적어도 나는 그렇다—우선 궁금해하는 것은 '무엇이 이 작가를 만들었나' 하는 것이다. 이이는 왜 또는 어쩌다 소설을 쓰게 된 것일까, 이이가 꾸려온 삶의 어느 국면과 어떤 성격이 그 삶의 주인으로 하여금 소설을 쓰지 않을 수 없게 한 것일까. 그러나, 이 질문에 쉽고도 분명하게 답할 수 있는 소설가가 과연 몇이나 될 것인가. 이 질문은, 어느 소설가에게나, 그가 쓰는 소설의 본질에 관계할 정도로 막중한 무게를 지니는 것이다. 전혜성씨를 압박할 그 버거움을 피하기 위해 나는 약간의 우회를 하기로 했다. 본론에 해당할 질문과 답을 위한 예비 사항으로서 그의 이력을 들어보았다.

“부산에서 태어나 고등학교까지 졸업한 뒤 이화여대 철학과(79학번)에 입학했다. 어려서부터 연극에 대한 꿈을 지니고 있었기 때문에 연극반에 들어갔는데, 당시의 대학 연극반이란 반(半)운동권이어서 마당극과 같은 참여적 연극이 주류를 이루고 있었다. 대학 들어오기 전까지 생각하던 연극과는 달랐는데다 운동으로서의 연극에 답답함을 느끼기도 했지만, 그런 느낌을 밖으로 표출할 분위기가 아니었다. 어쨌든, 대학 4년 내내 연극반에 속해 연기와 각본, 연출 등을 두루 해보았다.”

연극반원으로서 대학을 마친 뒤에는 전공인 철학과의 대학원에 진학했다. “미학을 공부하려 했지만, 이화여대 철학과는 분석철학이 지배하는 분위기였다. 별로 만족스럽지 않은 논문을 쓰는 것으로 대학원을 마쳤다.” 학교를 떠나면서 자연히 운동에서는 멀어졌다. 그런 점에서 전혜성씨는 70~80년대 학번들의 전형적인 경우라 할 수 있다. 그들에게 학생운동이란 하나의 통과의례였다. 통과의례로서의 학생운동 체험이란 그 나름의 장점과 단점을 지니게 마련이다. 우선 단점을 짚어보자면, 그같은 체험이 시대의 주류적 흐름에 대한 유행성 편승에 그칠 뿐, 실존의 전 무게로써 뒷받침되는 진정성을 결여하고 있을 수가 있다. 그럼에도 무시할 수 없는 장점은 있다. 어떤 식으로든 학생운동을 체험한 세대는 최소한의 민주주의와 시민사회에 대한 교양을 확보해 잠재적 민주 세력으로 자리잡게 된다는 것이다.

대학원을 졸업한 그는 영화 전문 잡지의 기자로 취직해

편집장까지 역임했다. 중간에 약간의 공백이 있었고, 최종적으로 그만둔 것이 93년이었다. 사실 그의 소설 「마요네즈」를 읽으면서 나는 작가가 시나리오나 영화 공부를 한 사람이 아닐까 짐작했던 터였다. 그가 소설 속에서 무심코 쓰는 '더미 블론드'나 '코믹 릴리프' 같은 용어들이 그런 짐작을 낳았다. 그리고, 이 작가가 영화를 공부하거나 영화 관계 일을 한 사람이라면, 그것이 이 작가의 소설에 어떤 영향을 끼칠지 우려되는 바도 없지 않았다. 그렇지 않아도 90년대 소설들의 영상 쪽으로의 경사와 편향이 문제되는 상황이 아닌가 말이다.

"전부터 영화를 좋아했고, 많이 보았다. 연극과 영화는 서로 통하는 것 아닌가. 그러나, 요즘은 달라졌다. 영화는 역시 젊은 예술인 것 같다. 젊을 땐 영화가 대신해주는 것이 많았지만, 지금은 그렇지 않다. 요즘은 영화를 보더라도 장르와 주제 등을 따져보게 된다. 사전에 영화에 관해 충분히 듣거나 읽어보고 나서야 볼 영화를 결정한다."

영화를 '졸업'한 그는 연극으로 돌아와 두 편의 연극 대본을 썼다. '무소의 뿔처럼 혼자서 가라'와 '아마조네스의 꿈'이 그것들로, 둘 다 소설을 각색한 작품이었다. 남이 쓴 소설을 각색하다가 욕심이 생긴 것일까. 그는 '아마조네스의 꿈'을 번안, 각색한 95년 무렵부터 소설을 써야겠다는 생각을 했다고 말했다.

“연극 대본은 시적 압축과 대화에 의한 의미 전달처럼 형식적 제약이 따르는데, 내 안에는 그것만으로는 만족하지 못하는 많은 얘기가 있었다. 희곡만으로는 할 수 없는 얘기를 위해서 소설을 써봐야겠다는 생각이 들었다. 그리고, 막상 써보니 소설이라는 장르가 역시 자유로웠다. 소설 쓰기의 희열을 느꼈다고 말해도 좋을 정도다. 같은 얘기라도 희곡으로 썼다면 느끼지 못했을 자유로움을 소설에서는 느낄 수 있었다.”

“남의 좋은 작품들을 꼼꼼히 읽고 글 친구와 토론을 하는 것말고는 따로 창작 수업을 받지 않았다”는 전혜성씨. 그는 소설을 쓰기로 작정한 뒤부터는 거의 매일 규칙적으로 썼다. 20대의 청년기를 소재로 삼은 일종의 성장소설이 그의 습작품인 셈이다. 이 성장의 드라마는 “아무리 쓰고 또 써도” 끝이 나질 않았다. 2백자 원고지로 2천 장이나 되는 이 ‘대하소설’을 놓고 전혜성씨는 고민했다. 작품에 대해서는 애정이 갔지만, 완성도에 문제가 있었기 때문이다. 어쨌든 소설 공모에 작품을 보내 객관적인 평가를 받고 싶었던 그는 이 미완의 성장소설과 미지의 새 작품 사이에서 갈등을 느끼다가 새 작품을 써보기로 했다. 그렇게 해서 탄생한 작품이 「마요네즈」다. 그렇다는 것은 「마요네즈」가 전혜성씨가 쓴 두번째 소설이자 제대로 끝을 맺은 것으로는 첫번째 작품이 된다는 말이다. 당연히 신춘문예나 여타의 공모에 작품을 내본 적도 없었던 그는, 야구로 말하자면, 첫 타석에서 만루홈런을 친 셈이다. 이 만루홈런이 겨

낭하는 것은 어디였을까.

「마요네즈」는 갈등하는 모녀를 축으로 삼아 애증의 가족 관계를 그리고 있는 작품이다. 이 작품에서 특히 인상적인 점은 어머니의 형상화라 할 수 있다. 그 어머니는 남편과 특히 자식에 대한 헌신적인 애정으로 무장한 전통적인 어머니 상을 배신한다. 병으로 죽어가는 아버지를 외면하고 구박하는가 하면, 가족의 안위에 못지않게 자신의 몸을 치장하고 삶을 즐기는 데 관심을 두는 어머니. 가족들을 위한 맛있는 음식의 재료가 되어야 할 마요네즈를 윤나는 머릿결을 위해 머리에 바르는 어머니의 모습이 상징하는 것은 기존의 모성애 개념으로는 파악할 수 없는 획기적인 어머니 상이라 할 수 있다. 당연히 악녀라든가 요부와 같은, 마찬가지로 전통적인 여성상과도 다른 이 새로운 어머니 상이 말하는 것은 무엇일까.

"모성애란 무엇인가. 그것은 혹시 여성의 맹목적인 희생과 굴종을 강요하는 이데올로기는 아닐 것인가. 나는 모성애의 억압적 측면을 까발리고 싶었다. '모성애의 해체'가 내가 생각하는 페미니즘이라고 할 수도 있다. 소설 속 어머니를 두둔하려는 것은 아니지만, '이런 어머니도 있을 수 있다'는 것을 보여주고 싶었다. 그렇다고 해서 '여성적 부드러움의 힘'을 부정하려는 것은 아니다. 그러나, 자기를 억누르고 억압하여 마스크를 쓰는 식의 타율적·강제적 방식이라면 곤란하다."

재미있는 것은 소설 속 어머니 역시 모성애의 신화에서 자유롭지 못하다는 것이다. 그 어머니는 독립적 욕망과 자식에의 헌신 사이에서 수시로 갈등한다. “니도 나중에 자식 낳아보면 에미 마음을 알 끼다”라는, 화자의 어린 시절 반항하는 딸을 향해 어머니가 푸념처럼 내뱉던 말에는 그처럼 착잡한 심경이 반영되어 있다. 이 말에는 또한 소설의 또다른 축이라 할 여성 3대의 관계에 대한 나름의 통찰이 담겨 있기도 하다. 평균적인 또는 전통적인 어머니 상과는 분명 다른 어머니, 그 어머니를 향해 반항하는 어린 딸의 관계란 실은 어머니의 어린 시절 어머니와 다시 그 어머니의 관계가 고스란히 되풀이된 것에 다름아니다. 세대를 넘겨 반복되는 모녀간의 애증관계에서 확인되는 것은 이 여성들이 닮은꼴의 피해자라는 사실이다. 모성애 신화가 강요하는 구속과 허위를 뚫고 나가고자 하지만, 상황은 여의치가 않다. 이들 여성 3대는 좌절된 탈출에의 욕망이라는 동일한 상처를 지닌 피해자라 할 수 있다. 그들이 공유하는 상처로 해서 그들 사이에는 기존의 모녀관계에 더해 자매관계가 새롭게 형성될 수 있게 된다. 상처의 동지로서의 여성 3대의 관계는 여성학에서 매우 중시하는 ‘자매애(sisterhood)’로 나아갈 가능성을 열어두고 있다. 그러고 보면 아들과 딸의 두 자식 가운데서도 유독 딸에 대한 화자의 시선이 각별하게 보이기도 한다.

「마요네즈」에서 어머니의 성격 묘사가 인상적인 만큼 상대적으로 아버지의 형상화는 허술하여 아쉬움을 주기도 한다. 전쟁중에 월남한 아버지는 부산 시장통의 무면허 약사로서 평소에는 그지없이 건실한 가장이지만, 술만 마시면 폭군으로 돌변해 아내를 폭행하고 기물을 파손한다. 그의 이중인격에는 당연히 억압된 욕망과 남 모를 상처가 감추어져 있을 터이고, 그 욕망과 상처란 그의 월남과 관련되어 있을 개연성이 높다. 그럼에도 소설에서 그에 대한 충분한 설명은 주어지지 않는다. 아버지는 그저 요란한 주벽과 폭력적인 본성을 감추고 사는 위선자로 그려질 뿐이다. 요컨대, 아버지의 상처에 대한 이해와 공감의 노력이 보이질 않는 것이다.

"월남한 성격 파탄자이자 알콜 중독자란 분단이라는 민족적 상황과 무관할 수 없을 것이다. 그러나, 나는 소설 속에서 그에 대해 명확하게 설명하고자 하지는 않았다. 소설 속 아버지의 성격에 미주알고주알 얘기하는 스타일이 아닌데다, 딸을 화자로 삼은 1인칭 소설 속에서 기술적으로 아버지의 뒷얘기를 늘어놓기가 어려웠다. 아버지의 얘기는 독자의 유추와 상상의 공간으로 남겨둘 수밖에 없었다."

아버지가 일방적으로 그려졌다면, 화자의 남편과 두 여동생은 그 마땅한 비중에도 불구하고 거의 지워져 있다시피 하다. "(2백자 원고지로) 1천 장 정도였다면 남편도 살리고 여동생들의 관점도 동원해 본격적인 가족소설을 썼을 것"이라고 전혜성씨는 말했다.

「마요네즈」에 관한 나머지 얘기는 작품을 읽을 독자의 몫으로 남겨 두고, 「마요네즈」 이후에 관해 들어보자. 전혜성씨는 「마요네즈」에 앞서 써두었던 소설을 어떤 식으로든 다듬어서 빛을 보게 하고 싶다고 말했다. 그와 함께 「마요네즈」에서 약간 선을 보였던, 10대의 성장소설 또한 쓰고 싶다고 했다. 또, 동성애를 포함한 페미니즘의 소설화에도 욕심을 가지고 있다. 그렇다면, 그가 소설가로서 궁극적으로 쓰고자 하는 것은 무엇에 관해서인가?

"나의 관심사는 사람들의 '상처'다. 오만과 편견과 같은 성격적 결함, 또, 반대로, 극단적인 우유부단과 무기력증과 같은 것. 또는 신체적 장애 같은 것이 사람들에게 어떻게 작용하는가를 그려보고 싶다. 영혼의 장애와 같은 것, 또 모성 신화 이외의 각종의 신화를 까발리는 일에도 관심이 있다."

개인이나 가족의 차원을 넘어서는, 사회・역사적 상처에 대해서는? 가령, 이 질문은 「마요네즈」의 아버지와 직접 관련되는 것일 터인데.

"그런 것을 무시하지는 않지만, 어쨌든 그것들이 개인의 차원에 투영되는 양상에 초점을 맞추겠다."

글머리에서 나는 '새로운' 소설과 소설가라는 말을 남발했던 듯싶다. 그 관형어의 의미를 혹시 편협하게 이해하려는 독자가 있을지도 모르겠다. 그러나 내가 말하는 '새롭다'는 것은 일찍이 보지 못한 신기한 소재나 주제, 스타일을 가리키는 것은 아니다. 오히려 가장 낡고 익숙한 것 속에도 진정으로 새로운 어떤 것이 있을 수 있는 법이다. 그렇게 본다면, 「마요네즈」는 익숙한 소재와 형식 속에 새로운 통찰과 문제의식을 담는 쪽이었다. 작가는 혹시 새로운 스타일에는 관심이 없는 것일까?

"젊은 작가들이 쓰는 새로운 스타일의 소설들이 재미는 있지만, 내 스타일은 아닌 것 같다. 몇 번 실험을 해보았지만, 역시 잘 안 되더라. 나는 아무래도 전통적인 스토리텔러 쪽이어서 누군가에게 이야기를 들려주듯이 쓰는 것이 맞는 것 같다. 조금 진부해 보일지도 모르겠지만, 나는 내 스타일을 고집할 생각이다."

이렇게 해서 이 어설픈 인터뷰는 끝을 맺는데, 아무래도 작가에게 재고가 없다는 대목이 마음에 걸렸다. 새롭게 탄생한 작가에 대한 문단의 기대는 우선 작품 청탁이라는 형식으로 표출될 터인데, 단편 하나도 비축해놓지 않았다는 그가 그 청탁에 제대로 응할 수 있을까. "하루 평균 4시간씩 쓰기에 할애하고 있으며, 휘몰아서 신나게 쓰는 스타일이기 때문에 재고가 달려서 쩔쩔매는 일은 없을 것"이라는 것이 이 올챙이 작가의 씩씩한 답변이었다.

문학동네 장편소설
마요네즈

ⓒ 전혜성 1997

1판 1쇄 | 1997년 8월 21일
1판 15쇄 | 2014년 10월 8일

지은이 전혜성
펴낸이 강병선

펴낸곳 (주)문학동네
출판등록 1993년 10월 22일 제406-2003-000045호
주소 413-120 경기도 파주시 회동길 210
전자우편 editor@munhak.com | 대표전화 031)955-8888 | 팩스 031)955-8855
문의전화 031) 955-3576(마케팅) 031) 955-8864(편집)
문학동네카페 http://cafe.naver.com/mhdn

ISBN 89-8281-070-6 03810

* 이 도서의 국립중앙도서관 출판시도서목록(CIP)은 서지정보유통지원시스템 홈페이지 (http://seoji.nl.go.kr)와 국가자료공동목록시스템(http://www.nl.go.kr/kolisnet)에서 이용하실 수 있습니다.(CIP제어번호: CIP2003001793)

www.munhak.com

한국문학을 이끌어가는 힘! **문학동네소설상 수상작**

제1회 새의 선물 **은희경**

대형 신인의 포문을 연 한국문학의 대표작가 은희경의 탁월한 역량이 유감없이 발휘된 수작. 일상 속에 숨겨진 허위와 생에 대한 가차없는 시선, 시종 웃음을 자아내는 해학적 문체와 치밀한 심리묘사가 돋보인다.

* 책이랑 선정 좋은 청소년 책
* 전문가가 뽑은 90년대 책 100선

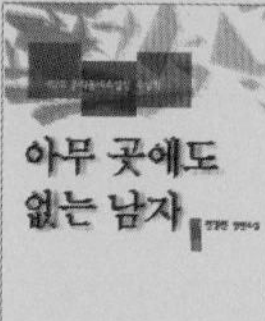

제2회 아무 곳에도 없는 남자 **전경린**

읽는 이를 저 두려운 낯섦 속에 빠뜨리고, 뜨거운 정염의 불길로 서슴없이 충격을 가하는 귀기의 작가 전경린의 첫 장편소설. '심장에서 그대로 튀어나온 소설'이라는 평가를 받은 화제의 작품으로, 시종 흐트러지지 않는 호흡과 강렬한 문체가 읽는 이를 사로잡는다.

제3회 예언의 도시 **윤애순**

혁명과 사랑, 음모와 배반이 뒤엉킨 장대한 비극적 대서사시. 힘있는 주제의식과 뛰어난 서사성을 구비하고 있는 작품으로, 다양한 등장인물의 욕망과 관능의 에너지가 원색적인 아름다움과 비의적 색채 속에 녹아들어 있다.

제5회 숲의 왕 **김영래**

신화적인 관점에서 '인간'을 복원하고 있는 소설. 자연의 생명력을 묘사하는 시적인 문장은 충격적인 아름다움을 느끼게 하며 인간의 삶에 관한 통찰력은 잠언과 경구의 깊이로 다가온다. 신성한 자연의 음성을 들려주는 듯한 이 소설은 가히 우리 소설의 충격이다.

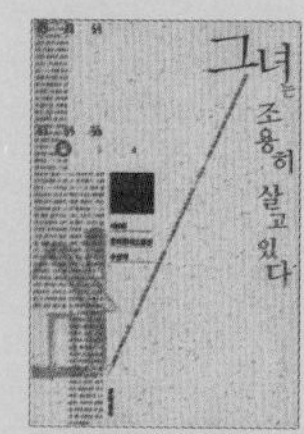

제8회 그녀는 조용히 살고 있다 **이해경**

거침없는 구어체 문장, '오해의 연속'으로 이어지는 줄거리, 냉소와 조롱의 언어를 통해 좌충우돌 갈팡질팡의 횡보로 끙끙대는 21세기의 소설가 지망생을 그려나간다. "쓴웃음과 함께 가슴 찡한 아픔을 자아내는" 풍경이다.

제10회 고래 **천명관**

소설에 대한 기존의 상식을 보기 좋게 훌쩍 비켜서는, 놀랄 만한 다채로움과 독특한 개성을 지니고 있다. 낯섦과 기이함, 동시에 상당한 당혹스러움과 저항감을 안겨주며 시작되는 이 소설은 이야기가 진행될수록 굉장한 흡인력을 발산하면서 결말까지 숨가쁘게 몰입하게 만든다.

* 한국간행물윤리위원회 선정 청소년 권장도서
* 한국문화예술위원회 선정 우수문학도서
* 한국출판인회의 선정 이달의 책

제11회 **수상한 식모들** **박진규**

질주하는, 전복적인, 쾌활한 상상!
그들의 보복은 비장미가 없는 대신 유쾌했고, 폭력적이지 않았지만 잔혹했다. 그리고 모두 여성으로 이루어져 있었다. 그녀들의 집단을 우리는 '수상한 식모'라고 부른다.

* 한국문화예술위원회 선정 우수문학도서

제12회 **캐비닛** **김언수**

최초로 심사위원 만장일치를 이끌어내며 '괴물' 같은 작가의 출현을 알린 화제작. 상상 불가의 변종들에 대한 기발하고 대담한 상상을 탄탄한 필력과 능청스런 입담으로 풀어놓는다.

* 2007 문화관광부 교양도서

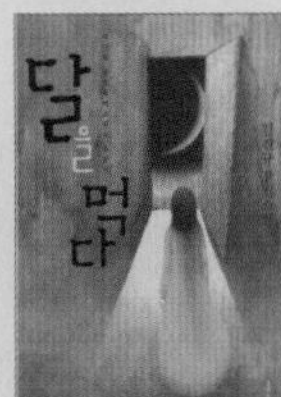

제13회 **달을 먹다** **김진규**

이해와 오해, 사랑과 사랑 아닌 것의 미묘한 간극이 불러온 치명적인 로맨스!
영정조시대를 배경으로 엄격한 법도와 완강한 신분질서가 작동하던 그 시절, 사랑에 죽고 사는, 금지된 사랑에 눈멀어 위험한 죽음충동에 몸을 맡기는 인간 군상의 모습을 그려 보인다.

* 한국문화예술위원회 선정 우수문학도서

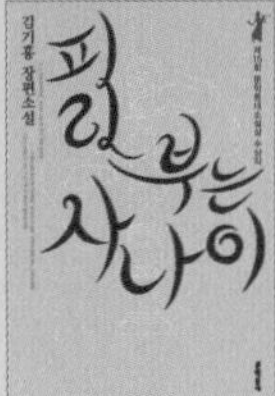

제15회 **피리 부는 사나이** **김기홍**

"이 소설은 젊다." 엇갈리는 청춘의 사랑, 컴컴하고 단단한 알에서 깨어나게 하는 진하고 운명적인 우정, 정체 모를 사나이의 피리 소리를 뒤쫓아가는 진실조각 맞추기! 피리 소리를 따라 진실을 찾아가는 이 매혹적인 성장소설의 부름에 독자들은 기꺼이 뒤를 따를 것이다.

제17회 **귀를 기울이면** **조남주**

'여기 없는 소리'를 듣는 아이, 바보아이 김일우의 휴먼다큐 〈더 챔피언〉 비하인드 스토리! 속물적 욕망에 길들어 몸살을 앓는 세계, 그 속에서 펼쳐지는 소시민들의 이 따뜻하고 현실적인 비극은 현대인이라면 오장육부처럼 달고 다니는 소외와 고독, 존재의 불안을 침울하지 않게, 발랄하게 보여준다.

제18회 **체인지킹의 후예** **이영훈**

아버지 없이 자란 세대가 살아갈 방법을 가까운 사람들을 통해 굼뜨게 하나씩 배워나가며 저마다의 상처를 극복하는 성장기. 어울릴 법하지 않은 이야기들을 엮어내는 구성력과 '특촬물'이라는 생소한 제재를 통해 현 젊은 세대의 '지금-여기'의 풍경을 강렬한 여운과 정감 어린 필체로 어루만지고 있다.